D0896356

LA LONGUE MARCHE DU JUGE TI

Frédéric Lenormand

La Longue Marche
du juge Ti

Une enquête du juge Ti

Fayard

Couverture : Yann Delletery

ISBN : 978-2-213-67133-8
© Librairie Arthème Fayard, 2012.

« Un drame fou, mais gai et savoureux, s'achevait. »

Lin Yutang, *L'Impératrice de Chine.*

L'action se situe au printemps de l'an 691 de notre ère. Après la mort du souverain, son épouse, dame Wu, s'est fait couronner empereur de Chine. Âgé de soixante ans, le juge Ti a en charge la sécurité de la capitale.

PERSONNAGES PRINCIPAUX :

Ti Jen-tsié, chef de la police de Chang-an, capitale des Tang
Dame Lin Erma, Première épouse du juge Ti
Petit Trésor, fille cadette du juge Ti
Ma Jong, lieutenant du juge Ti
Tseng Lei Heng, « Tigre Volant », danseur de sabre
Du Hao, trafiquant de concombres
Jiang, secrétaire et cartographe
Pei, général des Tang
Maman Ping, cuisinière

I

Un mandarin fait la chasse aux concombres ; il prend la tête d'une escouade de malfrats.

Le juge Ti était à la poursuite d'un groupe d'évadés que la police de Chang-an ne pouvait accepter de voir circuler en liberté. Il s'agissait de concombres géants, repérés sur la route de Qianling alors qu'ils cheminaient vers la capitale, cachés dans des sacs prévus pour d'honnêtes calebasses. Ils avaient été signalés à la porte de l'Essor-Bienfaisant, par laquelle ils avaient réussi à s'infiltrer malgré la vigilance des douaniers. On soupçonnait qu'ils se terraient dans un quartier fréquenté par une population bigarrée venue des quatre coins de l'empire, un lieu où des concombres sans papiers pouvaient se dissimuler parmi des aubergines et des asperges en situation régulière. Pour un magistrat au flair aiguisé, leur parcours laissait une trace aussi odorante qu'un sauté de crevettes aux cinq épices.

Ti était ballotté au rythme des quatre porteurs qui soutenaient sa chaise, alignés en rang d'oignons le long d'un mât horizontal. Il avait lui-même dessiné les plans de ce véhicule, grâce auquel il circulait entre les charrettes et les passants qui encombraient les avenues. Évidemment, le confort avait dû être sacrifié à l'efficacité, tout comme son amour-propre l'était à la traque des concombres en fuite. À soixante ans sonnés, Ti n'avait plus l'âge de courir les rues pour attraper de minables trafiquants et leurs végétaux de contrebande. Il n'en éprouvait pas non plus l'envie, mais ses supérieurs avaient aussi peu pitié des voleurs de cucurbitacées que du dos des mandarins. Aussi se hâtait-il, suivi de son premier scribe et d'un petit détachement de soldats munis de matraques, avec l'espoir de rétablir l'ordre du Ciel par l'arrestation de quelques légumes en goguette.

Quoique plus jeune que lui, son second s'essoufflait à marcher d'un pas pressé à côté de la chaise.

– Je maintiens qu'il n'est pas du rang de Votre Excellence de chasser elle-même le concombre, parvint à déclarer le fonctionnaire entre les « pouf pouf » de sa respiration haletante.

– Croyez-vous que je l'ignore ? rétorqua son patron.

Il l'aurait volontiers envoyé exprimer cette opinion au bureau des Subsistances, cela l'aurait au moins débarrassé d'un bavard sans ressort. Les autorités gardaient l'œil braqué sur ces questions d'approvisionnement. En période de disette, nul crime n'était plus grave que le vol, l'importation illégale et la vente de denrées sous le manteau. On le jugeait désormais sur son aptitude à traquer les choux, les fanes et les racines délictueux. Les assassins pouvaient s'en donner à cœur joie tant qu'ils ne s'attaquaient pas aux haricots.

Le marché de l'Est était une ville dans la ville. Il couvrait la surface de deux quartiers résidentiels[1] et

---

1. Soit un kilomètre carré.

abritait quatre mille boutiques. On y trouvait absolument de tout, depuis l'orfèvrerie jusqu'à la boucherie, en passant par les agences de location de musiciens et les commerces d'esclaves. Un indicateur avait orienté le juge Ti vers l'allée de la mercerie. La piste des légumes menait à un petit entrepôt censé contenir des sachets d'herbes aromatiques désodorisants à suspendre à la ceinture. Le locataire était justement en train de couper de petits rectangles de tissu coloré. Il ressemblait fort au portrait du paysan qui avait filé entre les doigts des gardes de l'Essor-Bienveillant. Après avoir placé le bonhomme sous bonne garde, Ti ordonna à son adjoint d'aller voir s'il n'y avait pas un double fond derrière les sachets parfumés. À force de pousser en haut, en bas et sur les côtés, son subordonné réussit à faire glisser le panneau.

– Victoire ! s'écria-t-il devant un amoncellement de paniers dont dépassaient des articles verts et oblongs qui n'avaient pas du tout l'air feng shui.

Cette victoire était de celles qui mènent tout droit aux catastrophes. Mieux aurait valu savourer ce succès dans la discrétion et, surtout, refermer la cachette au plus vite. Il y avait là, en plus des concombres, un vaste échantillon de radis séchés, de champignons, de châtaignes et de bulbes de nénuphars à faire frire. La vue de ces trésors étagés comme des colombes dans un pigeonnier fit sur les passants le même effet que des bols de vin tiède sur des ivrognes. Les mains se tendirent comme si elles avaient été indépendantes des Chinois civilisés auxquels elles appartenaient. Les végétaux défilèrent sous le nez du mandarin sans même un « au revoir ».

– Lâchez ces concombres ! clama-t-il.

– Il y a des concombres ? dit quelqu'un.

Les sauterelles humaines affluèrent de toutes parts. On s'arrachait les pousses de bambou et les navets *tsai-tou* symboles de bonne fortune, au mépris des gardes, submergés par la mêlée. Des importuns plus malintentionnés que les autres en profitèrent pour piller les boutiques alentour. Quelques minutes de frénésie gastronomique suffirent à vider l'entrepôt.

Ce dénouement priva le mandarin du plaisir d'avoir résolu l'affaire. Il avait été attaqué à coups de choux pointus, il n'était pas content. Pour couronner le tout, dans la pagaille générale, le responsable de ces désordres avait réussi à s'éclipser.

Ti rendit visite aux commerçants voisins. La plupart s'empressèrent d'enfouir dans leurs sacs les quelques têtes d'ail et germes de soja en bottes dont ils venaient de s'emparer. Le juge avait pour mission de réprimer les trafics, non d'ôter le navet de la bouche du petit peuple, aussi se borna-t-il à exiger le nom du trafiquant. Ses bras croisés et son sourcil froncé aidèrent à leur faire avouer l'identité du criminel, qui se nommait Du le Finaud.

Les gardes avaient réussi à récupérer quelques raves et quelques courges, ce qui n'était pas un résultat très fameux pour une dizaine d'hommes armés de lances. Encore Ti les soupçonna-t-il de cacher des piments et des fèves sous leur plastron de cuir. Il confisqua les fonds de paniers comme pièces à conviction. Et puis le navet délictueux se mariait agréablement avec le mouton de contrebande.

D'humeur sombre, Ti Jen-tsié regagna sa commanderie de la Poterne sud. Maintenir l'ordre à

Chang-an devenait de plus en plus difficile, surtout si on voulait le faire dans la dignité. Il aurait volontiers pris sa retraite de mandarin si celle-ci n'avait été fixée à soixante-dix ans. Une dérogation ne pouvait s'obtenir qu'avec la perte d'un de ses membres, et encore, rien n'était sûr.

Les résultats du recensement triennal complet auquel l'administration des Tang venait de procéder l'attendaient sur son bureau. Le chiffre inscrit au bas du rouleau de Chang-an avait de quoi faire frémir.

– C'est une gloire pour notre empire que d'avoir réuni tant de gens autour de la personne sacrée du Fils du Ciel ! déclara son adjoint.

– Vous avez raison, dit Ti. C'est une catastrophe.

La population métropolitaine avoisinait les deux millions. Il avait sous les yeux l'origine de la disette et de ses conséquences. Cette situation était insupportable. Il décida de rédiger un rapport virulent, quoique respectueux, pour dénoncer les effets dramatiques du mauvais approvisionnement en vivres. « Il y a des limites à la souffrance humaine », songeat-il alors que deux sous-fifres armés de brosses tentaient d'ôter la pulpe verte qui maculait sa robe.

Tout en rédigeant, il pensa à tous ces crimes dans la soie et l'encens auxquels il ne pouvait se consacrer à cause des trafics de riz, de blé et de concombres. Son sens aigu de l'équité le stimula.

Chaque jour, d'honnêtes habitants de notre ville subissent l'injuste fardeau d'une calamité à laquelle ils ne peuvent mais. Ces faits consternants les empêchent de vaquer en paix aux tâches utiles à l'empire. Que Vos Excellences prennent en pitié les misères du peuple ! Soulageons ses douleurs !

La compassion qu'il éprouvait envers la pénible existence du chef de la police métropolitaine le rendait lyrique. Sa conclusion fut simple : tant qu'on ne parviendrait pas à nourrir tous les habitants, la sécurité serait compromise.

Il fut tiré de ses travaux par des bruits venus de la cour. Son lieutenant Ma Jong entraînait les recrues que Ti l'avait autorisé à engager. Un renfort d'hommes compétents serait le bienvenu face à l'accroissement de la délinquance. Le mandarin profita de l'exercice pour aller voir ce qu'ils savaient faire.

Ma Jong était le dernier compagnon de route qu'il lui restait après le décès de Tsiao Tai et la défection de Tao Gan, qui avait ouvert un commerce d'exportation de soie vers l'Occident mystérieux aussi florissant que les vergers de pêches d'or des royaumes du couchant[1]. Ma, qui ne rajeunissait pas, avait souhaité former une petite équipe placée sous ses ordres. Quand il la lui présenta, Ti vit que, plus on était vieux, plus on avait besoin de s'entourer de jeunes. Le mandarin le félicita de son zèle et lui demanda de quels corps d'élite il les avait débauchés.

– Je les ai choisis dans les meilleurs endroits pour le genre de tâche qu'ils auront à accomplir, affirma son fidèle assistant.

Ti ne fut qu'à moitié satisfait de la réponse. À observer plus attentivement les hommes qu'il avait sous les yeux, il remarqua des uniformes débraillés

---

1. Les orangeraies de Samarkand.

et de la nonchalance dans le garde-à-vous. Leur pilosité hirsute suggérait que les « meilleurs endroits » n'incluaient pas l'École militaire de la noblesse impériale. Ma était lui-même un ancien « chevalier des vertes forêts », autant dire un bandit de grand chemin. Ti se demanda si les subordonnés n'avaient pas été recrutés dans le même genre de catégorie, ce qui, évidemment, cadrait mal avec le statut d'un brillant mandarin capable d'aspirer aux plus hautes fonctions. Il laissa de côté ce point et préféra se concentrer sur les talents de ces perles rares.

— Que savent-ils faire ?

Le lieutenant se redressa avec fierté. C'était la question qu'il attendait. On avança un pliant pour Son Excellence tandis que les nouveaux soldats prenaient leurs marques pour une parade virile qui avait dû les occuper une bonne partie de la journée.

— Et voici qu'un truand surgit pour agresser une vieille dame ! clama Ma Jong.

Celui qui jouait le rôle du truand était bardé de sacs remplis de foin, et ce ne fut pas une précaution inutile, vu le nombre de taloches que lui infligèrent les nouvelles forces métropolitaines de sécurité. Certes, ils paraissaient plus efficaces que les gardes habituels. Ti, cependant, ne pouvait se défendre d'éprouver quelques doutes sur la nature de leur recrutement. Certains le contemplaient avec un petit sourire narquois qui n'engageait guère à leur confier son bien, la vertu de sa concubine ou la sécurité de la plus grande ville du monde. Mais, enfin, la situation était trop grave pour faire la fine bouche.

Son premier scribe se pencha sur lui.

— Votre Excellence devrait prononcer un petit discours de circonstance.

Ti soupira ; son adjoint aurait été mieux à sa place au bureau du Protocole que dans la police. Il égrena quelques bonnes paroles sur la haute mission qui les attendait et sur la gloire du Fils du Ciel dont ils allaient devoir se montrer les relais attentifs. Il leur incomberait notamment de lutter contre les profiteurs qui affamaient le peuple et désespéraient les magistrats en place.

Heureuse coïncidence, Ma Jong avait justement prévu un entraînement adapté à la situation. Ses hommes firent une démonstration de combat à coups de légumes dont le juge Ti aurait préféré être dispensé.

II

Madame Première vend sa fille pour le prix d'un jardin ; un martin-pêcheur s'éprend d'un tigre volant.

De retour chez lui, Ti trouva des rubans dans les revers de sa robe. Après un instant de perplexité, il se souvint avoir saisi les articles d'une mercerie qui servait de couverture à un trafic de légumes. Il les enroula autour des navets, fit un joli nœud et offrit le tout à ses épouses.

– Comme c'est gentil ! dit madame Deuxième. Votre Excellence a toujours une attention délicate pour ses compagnes dévouées !

En ces temps de restrictions, c'était un cadeau apprécié.

Ces dames interrompirent un concours de lancer de flèches organisé dans la cour : il s'agissait d'envoyer à la main les projectiles dans des potiches. La Première gagnait toujours.

Dame Lin n'avait jamais été une beauté. Sa carrure étroite, sa figure maigre ne répondaient pas à l'idéal féminin aux joues rebondies, au ventre rond, qui prévalait chez les Tang. Toute ambition esthétique abdiquée, la cinquantaine avancée lui conférait une dignité soutenue par des apprêts raffinés, de beaux vêtements et un large éventail de bijoux bien choisis. La raideur de son maintien, qui passait autrefois pour de la sécheresse, lui donnait à présent une allure de reine.

Elle méditait un splendide mariage pour leur cadette, la dernière fille que leur avait donnée madame Troisième. C'était l'occasion de conclure une alliance intéressante. Après de longues considérations, dame Lin avait arrêté son choix sur un clan mandarinal qui possédait une vaste propriété à Luoyang, la capitale de l'Est. La ville était réputée pour ses jardins, son calme et sa beauté, c'était un lieu idéal pour de petits séjours nécessaires à la santé d'une noble dame trop souvent accaparée par la surveillance des travaux domestiques. Pressentis, les candidats à cette union profitable n'avaient pas montré d'opposition. Ti Jen-tsié dirigeait la police métropolitaine, c'était un argument que dame Lin avait su faire valoir.

Les pourparlers avaient atteint le point où il convenait d'en toucher un mot au père de la promise. Dame Lin le prit à part dans son pavillon de la cour des femmes. Elle avait fait chauffer le *kang* en céramique qui soutenait la literie, elle n'avait pas économisé les coussins moelleux, les parfums, les sucreries, et avait même prévu deux bols d'un *xishui* de sorgho très goûteux qui tiédissait sur un réchaud. Quand elle lui eut elle-même ôté ses souliers et qu'elle lui eut massé pendant dix minutes ses pieds endoloris, elle en vint au sujet de ces bontés : les noces de Petit Trésor.

– Je veux faire son bonheur, expliqua-t-elle.

Elle voulait faire son bonheur dans la famille Ding, dont la confortable résidence secondaire ferait son bonheur à elle. Ti lui demanda ce qu'en pensait dame Tsao, la mère de la fiancée. La Principale balaya la question d'un mouvement de ses ongles peints. Depuis une vingtaine d'années qu'elle vivait avec eux, dame Tsao ne s'était pas permis une seule fois de la contredire ; ce n'était pas lorsqu'on mariait sa fille qu'elle allait rompre avec ses bons principes. Dame Lin s'efforça de décrire à son mari la flatteuse position sociale des Ding, ce qui le toucherait davantage que les perspectives de villégiatures. Le futur beau-père, vice-ministre des Travaux publics, était un allié très honorable pour un chef de la police métropolitaine. Quand l'exposé fut terminé, Lin Erma tenait sa maison de campagne, Ti tenait une belle alliance avec un conseiller du premier rang, la gamine tenait un mari, tout était pour le mieux dans la meilleure des Chine possibles. Madame Première remplit une nouvelle fois les coupes de vin tiède et les époux burent à l'heureuse conclusion de cet hyménée.

Ti demanda de quelle manière allait s'engager le rapprochement de leurs familles. Avait-elle déjà retenu une marieuse qui vanterait aux Ding les mérites de Petit Trésor ? Dame Lin écarta cette idée d'un revers de manche. Cela n'était pas moderne, une marieuse. Elle avait eu une idée d'une audace ébouriffante qui mettrait tous les auspices de leur côté. Leur fille était jolie, on allait la montrer.

– Au jeune homme ? s'étonna vivement son mari.

Plus qu'une audace, permettre aux fiancés de s'apercevoir avant le soir des noces était d'une indécence que même un homme aussi large d'esprit avait du mal à supporter.

– Au beau-père, corrigea dame Lin.

Ti respira. La modernité n'était pas encore entrée chez eux jusqu'à leur faire franchir les dernières bornes de l'impudeur.

Le lendemain serait commémorée, dans la Cité interdite, la victoire des Tang sur l'ancienne dynastie des Sui. Un tableau vivant sur le thème du martin-pêcheur, exécuté par trois cents vierges de bonne famille, avait été prévu pour charmer les yeux de la Sainte Mère impératrice. Dame Lin avait réussi à y inclure Petit Trésor, qui venait de suivre dix jours d'un entraînement digne des troupes d'élite de Sa Majesté. Coiffée, maquillée, vêtue de plumes, elle serait à croquer. Nul doute que le beau-père, frappé par sa grâce, n'aurait de plus cher désir que de la voir s'établir chez eux.

– Vous comptez qu'il la remarquera parmi trois cents autres demoiselles vêtues en oiseau ? dit Ti.

Dame Lin avait tout préparé. Elle avait stipendié le chorégraphe pour que le tableau vivant prévoie un passage où leur fille serait mise en évidence. Si le vice-ministre Ding n'était pas aveugle, il ne pourrait manquer de découvrir les appas de sa future belle-fille, cintrée dans une robe qui soulignerait les contours de son corps gracile – on l'avait pour ainsi dire cousue sur elle.

Pour le reste, les étapes qui menaient au mariage étaient nombreuses et codifiées par la tradition. Il allait falloir prendre garde. Dame Lin se méfiait du manque de discipline de leur jeune fille : elle ne baissait jamais les yeux quand on lui donnait des ordres, c'était le signe d'une nature rebelle.

– N'oublions pas qu'elle a de qui tenir. Sa mère s'est tout de même enfuie de chez son premier mari pour mener la belle vie avec des hommes.

Le juge Ti s'étouffa avec son *xishui* au sorgho.

– Dame Tsao a été enlevée, vendue et violentée par des bandits !

– C'est bien ce que je dis, insista sa Première : à surveiller.

Ti vida son bol et resservit son épouse avec l'espoir que le vin mettrait fin à ces propos.

– Votre Troisième est une femme adorable, reprit-elle.

Ti attendit le coup de griffe qui ne pouvait manquer de suivre.

– Mais il faut bien admettre qu'elle se laisse porter par le vent, d'où qu'il vienne.

Ti ne broncha pas : le fauve allait maintenant ouvrir en deux le ventre de sa victime.

– Une femme véritablement honnête aurait arraché les yeux de son agresseur. À défaut, elle aurait mis fin à ses jours en se jetant dans la rivière. Il n'y a que deux attitudes convenables, ne croyez-vous pas ?

Ti toussota en espérant que ce raclement de gorge passerait pour une approbation. Il la trouva bien acide. Elle avait grand besoin du changement d'air qu'elle essayait d'organiser en échange de leur cadette. Leur quarantième anniversaire de mariage approchait. Il suggéra une promenade à la campagne, un séjour intime, entre mari et femmes, rien que tous les quatre.

Dame Lin lui assura qu'il n'avait pas à se préoccuper de sa santé : elle était prête à s'engager pour quarante nouvelles années. Elle ne voyait rien à demander de plus au Ciel.

« Hormis un jardin bien situé », compléta-t-elle en son for intérieur.

Dès l'aube, la maison des Ti fut en effervescence. Toutes les dames préparaient avec fébrilité l'événement du jour : la prestation de leur demoiselle devant l'impératrice. C'était le point culminant de toute une vie, cet honneur rejaillirait sur le clan tout entier, serviteurs compris.

Un émissaire de la cour se présenta. On supposa qu'il venait féliciter la mère de la danseuse et s'assurer que la jeune fille était parée. Aussi fut-on surpris d'apprendre qu'il apportait un message pour le directeur de la police.

C'était une invitation à se joindre à la commémoration dans la Cité interdite. Ti en fut d'autant plus étonné qu'il n'avait pas intrigué pour se faire inscrire sur la liste des convives. Elle émanait du grand secrétariat. Il ne s'agissait donc pas seulement d'aller vider des bols d'un délicieux *maotaï* au cinquantième rang des courtisans qui entoureraient Sa Majesté : ce prétexte permettrait d'aborder des questions importantes à l'écart des oreilles indiscrètes. Il en conclut que son rapport avait été apprécié en haut lieu et en fut fort content. L'entretien porterait sûrement sur les mesures à prendre pour soulager le chef de la police de tâches très en dessous de ses fonctions. Ses supérieurs, d'habitude, n'étaient pas si prompts à réagir. Cela sentait la promotion.

Ti remercia et récompensa le messager pour ces bonnes nouvelles, puis il traversa la maison sens dessus dessous afin d'aller revêtir lui aussi de beaux atours. Ses valets refirent son chignon, le débarbouillèrent avec des linges humides et lui firent endosser une robe pourpre à ceinture verte, agrémentée d'un bonnet noir à ailettes empesées et d'une lourde chaîne à laquelle pendait un morceau de jade à son nom. Un brillant mariage, un poste moins fatigant, il se demanda quel bonheur pouvait encore lui réserver une journée de toute évidence bénie des dieux.

– Vous êtes un bienfaiteur de l'humanité, lui dit sa Deuxième, sur le perron, en rectifiant le plissé de son surtout en soie.

Il dut admettre qu'il n'était pas mécontent de lui.

On confia la danseuse à l'intendante de la maison, une femme de tête, avec mission de ne pas la quitter des yeux tout au long de cette échappée merveilleuse. Elle devait la déposer dans la cour où se tiendrait la cérémonie, la reprendre une fois le spectacle fini et la ramener directement à la maison dans une chaise fermée de toutes parts : il n'aurait pas été convenable, après s'être exhibée devant un millier de courtisans libidineux, de laisser voir à quiconque en ville ne serait-ce que le bout de son nez.

La chaise où les deux femmes avaient pris place franchit la porte de la Continuité-du-Mandat-Céleste. Dans le vestibule à ciel ouvert délimité par des murs rouges, Mlle Ti la cadette rejoignit les trois cents vierges de moins de dix-neuf ans qui allaient exécuter la danse dite « de la robe arc-en-ciel et de la jupe de plumes ». Une fois la porte du Faîte-Suprême ouverte à deux battants, ces demoiselles se répartirent sur une très vaste esplanade entourée par une galerie couverte qui la séparait des ministères. Devant elles s'élevait le pavillon du Faîte-Suprême, le plus grand palais de la capitale, large bâtiment à colonnes rouges situé en haut d'un escalier de marbre blanc. Les spectateurs, tous membres éminents de la cour et du gouvernement, étaient massés sur la terrasse qui s'étendait en haut des marches. La Sainte Mère impératrice avait pris place sous un dais monumental. À ses côtés, sur des tabourets, se tenaient ses héritiers du moment – elle en avait usé bon nombre avant même son accession au trône. Pour l'heure, il s'agissait de ses neveux du côté des Wu, qu'elle jugeait plus fidèles que ses propres fils.

Au pied des marches, cent jeunes musiciennes se préparaient à faire résonner leurs cymbales et leurs pipas à quatre cordes, à faire tinter leurs clochettes et à souffler dans leurs flûtes.

La représentation débuta par le salut simultané des participantes, issues pour beaucoup de l'École impériale des arts de divertissement. Elles déployèrent leurs interminables manches multicolores et commencèrent à se déplacer avec grâce pour composer les gigantesques tableaux vivants de la chorégraphie, un mélange de pas de danse, d'évolutions rythmées et d'effets de groupe soulignés par des éventails bicolores qui dessinaient d'énormes idéogrammes. N'importe qui se serait contenté de formules telles que « Chance », « Fortune » ou « Longévité », mais, pour l'impératrice, on ne pouvait viser en dessous de « Triomphe », « Rayonnement » et « Immortalité ». Les danseuses laissèrent tomber leurs boléros et découvrirent leurs épaules nues, au vif émoi des mandarins. Une telle indécence aurait été inconcevable partout ailleurs, mais la cour échappait aux principes imposés au reste de la société. La mode n'était pas encore aux pieds bandés, de beaux bras potelés suffisaient à émoustiller les lettrés.

Ti guettait avec impatience le moment où le plan mûri par sa Première allait montrer son efficacité. Il supposa que ce moment était venu lorsqu'une seule des trois cents danseuses fut soulevée de terre pour figurer la déesse de la Victoire. On ne vit hélas qu'une toute petite silhouette qui se tortillait par-dessus la foule bariolée de ses consœurs. Ti douta que le seigneur Ding ait possédé les yeux d'aigle qui, seuls, lui auraient permis d'établir une différence entre cette personne et les deux cent quatre-vingt-dix-neuf autres qui se trémoussaient en l'honneur de leur souveraine.

On termina par deux caractères en lettres d'or formant les mots « Sainte Mère », le nouveau titre que l'impératrice avait cru devoir se laisser décerner par un clergé bouddhique jamais à court de flagornerie.

La danse avait été épuisante, aussi bien pour les corps que pour les nerfs. Quand elle fut finie, les demoiselles quittèrent l'esplanade par les longs corridors rouges qui desservaient la Cité interdite. Petit Trésor profita de l'effervescence pour courir aux latrines. L'émotion l'avait constipée, mais, à présent que la tension s'était relâchée, elle avait besoin d'un pot et d'un endroit discret.

Elle trouva bientôt le lieu en question, mais se rendit compte, à la sortie, qu'elle n'avait pas repéré son chemin. Elle se reposa sur de vagues souvenir et se perdit dans ce dédale de couloirs à ciel ouvert bornés par des murs interminables. Au reste, elle n'était pas trop pressée de retrouver le foyer paternel, régenté par une Première autoritaire qui ne comprenait rien aux aspirations des jeunes filles modernes. Quelle malchance d'être née d'une simple concubine ! Et aussi d'être soumise au bon vouloir d'une Principale aigrie, dont le caractère avait ranci, qui faisait payer à son entourage sa déception de n'avoir pas donné de descendance au maître de maison ! Que pouvait-elle comprendre à une demoiselle dotée de tous les dons, elle qui, sûrement, avait toujours été cette matrone sèche et ridée, née pour affliger les personnes gracieuses ? Que pouvait-elle comprendre aux élans du cœur et du foie[1], elle qui, visiblement, n'avait jamais connu le sentiment amoureux ? Petit Trésor ne parvenait pas à comprendre la soumission, autant dire la vénération, que lui vouait le reste de la maisonnée. Dame Lin était une goule *wangxiang*[2] égarée parmi les vivants, qui enviait la fraîcheur de celles à qui la vie promettait infiniment plus que ce qu'elle avait reçu. Qui sauverait de cette servitude une jeune beauté en proie au désarroi ? Quel héros viendrait décapiter la goule ? Quel tournant de la destinée lui apporterait-il une existence à la hauteur de ses mérites ?

En attendant le grand sauvetage, elle devait se contenter de petites évasions telles que cette visite impromptue du palais impérial. À force de tourner en rond dans les allées, elle revint aux abords de la cour d'honneur au moment où commençait un autre divertissement, la danse du sabre. Postée contre un portail à ferrures de bronze, elle suivit les évolutions des soldats-danseurs lancés dans la représentation d'un ballet intitulé « Le prince de Qin écrase l'armée ennemie ». La musique avait été composée pour commémorer la victoire de Taizong, futur empereur Tang, contre ses ennemis, en l'an 622. Une fois sur

---

1. Le foie était considéré comme le siège des sentiments, à l'égal du cœur.
2. Créature démoniaque décharnée, créée par l'accumulation d'énergie yin, qui se nourrit de cadavres humains.

le trône, Taizong avait lui-même défini la position des danseurs, placés en cercle à gauche et en carré à droite. Le ballet comptait trois mouvements décomposés en quatre tableaux. Cent vingt-huit garçons revêtus d'armures argentées brandissaient, agitaient et pointaient leurs sabres en croissant de lune pour simuler les combats.

Petit Trésor perdit la notion du temps. Quand cela fut terminé, elle ne ressentit aucune hâte à rejoindre la gouvernante. La tête habitée d'images virevoltantes, elle erra de nouveau au hasard des travées. Ses pas la portèrent jusqu'à une courette tendue de draps derrière lesquels des danseurs se changeaient. Elle avait une vue directe sur l'un d'eux, qui avait accroché ses affaires aux montants de la porte. Elle eut tout loisir d'admirer sa plastique parfaite et sa musculature, alors qu'il troquait son armure de parade pour un pantalon d'uniforme bouffant. C'était là bien plus qu'il n'en fallait pour troubler une noble vierge n'ayant pas encore atteint dix-neuf ans, et qui n'était guère sortie du pavillon rouge.

Quand il la remarqua, avec son corsage arc-en-ciel et sa jupe de plumes, elle lui sembla une apparition divine. La déesse tendit une main timide vers la poitrine du jeune homme, comme pour vérifier que de tels êtres existaient réellement. Lui, la prenant pour une déesse ou pour une suivante de la maison impériale, deux genres de personnes avec qui un garçon audacieux pouvait envisager une relation intime, l'attira tout près et lui vola un baiser.

Sur la broderie de la ceinture que portait le danseur, Petit Trésor lut les caractères *Lei Heng*, « Tigre Volant ». Cela lui allait si bien ! Tandis qu'il se tournait pour rassembler ses effets, elle ramassa une paire de bottines, la glissa sous son manteau bariolé et s'éloigna au pas de course à travers trois allées et deux courettes.

La gouvernante lui remit enfin la main dessus dans la troisième. Il fallait se hâter de rentrer. Madame Première serait furieuse si elle apprenait que leur chère fille profitait de cette sortie pour vagabonder dans les coulisses de la Cité interdite.

– Gageons que vous aurez été vue par qui de droit. Il n'y a plus qu'à espérer que vos charmes auront agi en faveur d'une union déjà écrite au Ciel.

Petit Trésor approuva fort cet augure.

Peu après, par une autre porte, un danseur de sabre quittait la Cité interdite les pieds nus. Voilà ce qui arrivait quand on approchait si près du pouvoir : on vous prenait jusqu'à vos souliers.

III

Les vœux du juge Ti sont exaucés par un Bouddha vivant ; son souhait fait quatre cent mille victimes.

Pendant que sa fille se livrait corps et âme au tourbillon de la concupiscence, Ti avait été entraîné dans celui du pouvoir et de l'ambition. Après la petite exhibition au cours de laquelle deux cent quatre-vingt-dix-neuf charmantes inconnues avaient servi de faire-valoir à sa cadette, il avait dû assister à une danse virile plutôt longuette qui ne disait pas grand-chose à un lettré confucéen adepte du pinceau et non du sabre. Son apprentissage des armes n'avait pas dépassé le maniement du bâton. Si on lui avait enseigné les rudiments du combat noble, dans sa jeunesse, comme un pendant sportif à ses études littéraires, il doutait qu'on ait infligé à ces artistes en lame volante le moindre apprentissage des textes classiques. Il avait suivi ces évolutions avec le même ennui que l'aurait fait un aréopage de généraux devant une lecture du *Livre des rites*[1].

Un eunuque vint le chercher au milieu du banquet donné aux invités dans l'immense salle de réception pour le convier à la partie intéressante de la visite :

---

1. L'un des *Cinq Classiques*, piliers de la culture chinoise traditionnelle.

un entretien privé avec quelques grands courtisans réunis à l'écart.

On le conduisit à un bâtiment situé en retrait de la chancellerie et dont les bureaux abritaient l'un des ministères chargés d'appliquer les décisions gouvernementales. Il fut accueilli par le vice-ministre Ding, le futur beau-père que sa Première avait pressenti pour leur Petit Trésor. Ti le salua avec le mélange de respect dû à un supérieur et de bonhommie qui convenait à l'égard d'un parent et allié :

– Voilà une bonne surprise ! Justement, je parlais de vous pas plus tard que... toute la journée.

Il n'osa pas lui demander s'il avait goûté le spectacle des deux cent quatre-vingt-dix-neuf jeunes filles plus une. Il respira une odeur déplaisante. Derrière Ding, des devins exposaient des omoplates de bœuf à la chaleur de braséros afin de lire l'avenir dans les craquelures. Après s'être concertés pour les associer à des idéogrammes, ils annoncèrent aux fonctionnaires en belles robes de soie colorée qu'il fallait s'attendre à une mauvaise récolte suivie d'une famine, ce qui plongea leur auditoire dans l'accablement.

Ding ne leur prêta aucune attention.

– Vous serez honoré d'apprendre, mon cher Ti, que votre rapport a été très apprécié en haut lieu.

Le chef de la police se sentit honoré.

– Notre Sainte Mère, reprit Ding, a une prédilection pour la manière claire et concise avec laquelle vous exposez toujours des sujets fort pertinents.

Ti se sentit vraiment très honoré.

– Vous ne mêlez jamais vos explications de citations de Confucius ou tirées de la poésie ancienne, cela nous évite d'avoir à lui faire des résumés.

Ti songea qu'il était trop occupé pour avoir le temps de parcourir les anthologies ou les *Entretiens*, à la recherche de sentences de maître Kong qui auraient mis sa culture en valeur.

– Vos rapports sont comme des flèches qui atteignent leur cible avec précision et vélocité. Sa Majesté a décidé de porter la plus grande attention au problème que vous soulevez.

Ti était honoré au point de frôler l'évanouissement.

La cour s'était demandé ce qui causait la disette persistante. Certains accusaient le mauvais réseau de transport, d'autres les vols, la spéculation ou les accaparements. Depuis la fin du recensement, le gouvernement cernait mieux l'origine du problème. Or, connaître le mal, c'était déjà entrevoir le remède. L'accroissement de la population était une gloire si on le maîtrisait, une calamité dans le cas contraire. Heureusement, la solution était à portée de main. Une solution bien chinoise.

Ti se félicita qu'une solution bien chinoise ait été trouvée à ses problèmes. Il lui semblait néanmoins qu'on s'éloignait un peu des questions de sécurité évoquées dans son rapport, ce qui ne fut pas sans éveiller en lui les prémices d'une inquiétude.

Le vice-ministre Ding mit fin au suspense avec la froideur d'un tranchant de sabre. La solution bien chinoise allait consister dans le déplacement des habitants surnuméraires.

– Vous voulez lancer le peuple dans une grande déportation ? dit Ti, abasourdi.

Ses interlocuteurs échangèrent des regards affolés.

– La cour a décrété que serait puni de mort quiconque prononcerait ce mot, l'informa l'un d'eux.

– Vous aurez mal entendu, dit Ding Hua. Le seigneur Ti parlait de « grande décoration ».

La réalité se rappelait à Ti Jen-tsié avec brutalité. Il n'avait pas songé que son rapport sur l'augmentation de la délinquance aurait une conséquence aussi terrible. Il avait cru que son travail consistait à maintenir l'ordre dans la capitale, non à fournir des prétextes à des calamités supplémentaires. Il exprima cette idée d'une façon moins directe.

– Nous nous serons mal compris, lui répondit son supérieur.

Ti demanda comment on espérait faire accepter à la population l'idée d'un déplacement de masse arbitraire et précipité. Le vice-ministre sourit.

– Justement, Ti, ce choix n'aura rien d'arbitraire. La cour compte remettre l'appel au départ entre les mains des dieux. Qui aurait l'audace de contester les volontés divines ? Quel sacrilège !

« Et le sacrilège est puni de mort », conclut Ti en lui-même. La manœuvre était très habile. L'administration pourrait faire couper autant de têtes que nécessaire sans paraître avoir pris la moindre décision. Les condamnés ne seraient que de mauvais Chinois rebelles aux vœux du Ciel, frappés au nom de l'harmonie universelle. Cela pourrait même se faire en dehors des tribunaux, par simple décret. Il s'inclina très bas, non devant cette épouvantable mesure, mais devant l'ingéniosité de ceux qui l'avaient imaginée.

– Qui osera contredire l'impératrice, maintenant qu'elle est devenue l'incarnation du Bouddha Maitreya ? conclut Ding.

Leur projet avait été approuvé par l'abbé du Cheval-Blanc, maître tout-puissant du clergé bouddhique.

– Et qui osera contredire l'abbé du Cheval-Blanc, maintenant qu'il a proclamé l'impératrice « Bouddha vivant » ? renchérit Ti.

Les moines soutenaient dame Wu, qui soutenait la cause du bouddhisme, une religion en train de prendre le pas sur toutes les autres. Il aurait certes été difficile de faire croire à Sa Majesté qu'elle avait reçu à la naissance le cerveau de Confucius. Les tenants d'une pensée rationnelle étaient moins bien armés pour la flatterie.

Il avait été résolu qu'on exilerait des clans tout entiers, non des personnes. Il était fort douteux que les Tchang s'offusquent du départ des Tsing, ou inversement. Bien sûr, on comptait sur lui, chef de la police au jugement très sûr, pour indiquer à l'administration quiconque s'insurgerait contre la volonté des plus hautes autorités sous le ciel et au-dessus.

– La cour ne manquera pas de reconnaître à leur juste valeur les mérites d'un mandarin à la sagacité si remarquable, conclut le vice-ministre.

Ti supposa que la formule « à leur juste valeur » incluait la décapitation sur l'esplanade du Saule-Centenaire, dans l'hypothèse où sa détermination faiblirait. Ding indiqua la ceinture couleur argent du chef de la police. On aurait soin de la remplacer par un ruban d'or qui lui siérait encore mieux.

Les augures avaient complété leur prédiction, on s'intéressa de nouveau à eux. Selon les oracles, la famine n'aurait pas lieu si on déplaçait les gens plus près du Grand Canal qui traversait le pays du nord au sud.

– Fort bien, conclut Ding. Vous nous choisirez une date favorable entre le 12 et le 20 de la prochaine lune. Il doit bien y avoir un jour auspicieux parmi ceux-là.

Ce court délai montrait qu'il n'était pas question de s'abandonner plus que nécessaire aux mains des religieux. Il leur remit un sabot d'or qui fit poindre des sourires ravis. Ils promirent de déterminer quel serait le jour de cette huitaine le plus propice au déplacement forcé d'un demi-million de malheureux.

Ti fut de retour chez lui après le coucher du soleil. Sa Deuxième avait pris la peine de veiller pour l'attendre.

– Merci, Tsing, dit-elle à la servante de coiffure qui venait de la préparer pour la nuit.

Une fois seuls, elle demanda quelles bonnes mesures en faveur du peuple on avait décidées grâce à ses conseils.

– La déportation de votre coiffeuse, répondit-il.

Une servante de cuisine apporta une soupe chaude et des crêpes frites disposées sur un plateau. La vue de cette nourriture rappela au mandarin la cause de ses tracas.

– Sa Majesté a trouvé comment remédier aux famines qui affligent notre capitale. Elle a ordonné d'en chasser cent mille foyers.

– Cent mille habitants devront partir ? dit madame Deuxième.

Au point où ils en étaient, Ti aurait été soulagé si ces mesures n'avaient concerné que cent mille âmes.

– Un foyer comptant en moyenne quatre à cinq personnes, ce seront au moins quatre cent mille sans-abri qui seront jetés sur les routes.

La perspective en était effrayante.

IV

Une demoiselle épouse un prunier centenaire ; un lettré est assassiné par un lapin.

Les Ti songeaient à donner une petite fête en l'honneur d'un invité de marque, Son Excellence Ding Hua, dont ils avaient toutes les raisons de vouloir se rapprocher. Comme on discutait des divertissements, Petit Trésor suggéra de louer les services d'un danseur de sabre : c'était très à la mode, c'était même le grand chic à la cour, ainsi qu'elle avait pu s'en rendre compte. Madame Première tiqua.

– Et comment t'en es-tu rendu compte, je te prie ?

La cadette des enfants Ti expliqua qu'elle avait aperçu des bribes du spectacle à travers un paravent ajouré.

– Voyez-vous ça ! dit dame Lin. On leur envoie de pures jeunes filles et on récupère des aventurières qui guettent les hommes à travers des paravents !

– On dit que l'impératrice a fort goûté le spectacle, rétorqua Petit Trésor, qui n'était pas loin de s'attirer une gifle.

Comme chaque fois que le nom de la Sainte Mère était prononcé, on dut interrompre la conversation pour s'incliner tous ensemble en direction de la Cité interdite. Quand la diatribe put reprendre, on avait perdu le fil de la conversation ; c'était, de la part de la fautive, une fine diversion. On l'envoya réfléchir dans sa chambre à la façon d'espionner les danseurs derrière des tentures et à l'opportunité d'en faire part à ses parents.

Madame Troisième indiqua qu'elle trouvait leur fille bizarre, en ce moment : elle vouait une espèce de culte à une paire de vieilles bottines qu'elle avait posée sur l'autel de sa chambre, entre les fleurs, l'encens et les bougies destinés à honorer les déesses des vertus domestiques. Madame Première vit là une raison supplémentaire de hâter les noces. Si elle était un peu toquée, il fallait la marier avant que cela ne devienne voyant.

– C'est depuis qu'elle s'est produite devant la cour, dit la Deuxième. Je crains que cela ne lui ait tourné la tête.

La marieuse envoyée sonder les Ding sur la question revint pleine d'enthousiasme. Le futur beau-père n'avait pas repoussé les avances. Le charme des épaules dénudées avait opéré. Qu'il ait ou non réussi à discerner les traits de la danseuse, la profusion de ces tendrons sautillants et gesticulants lui avait donné envie d'ajouter de la jeunesse et de la nouveauté à son décor. Il s'était certes inquiété de la propension de cette demoiselle à s'exhiber en public ; on lui avait assuré qu'elle était d'une parfaite moralité, et même prude. Le mystère des bottines ne devait pas être ébruité.

Ding Hua avait aimablement demandé à la marieuse quel petit cadeau était susceptible de faire plaisir aux honorables Ti. Bien chapitrée sur ce sujet, elle avait répondu qu'ils étaient très amateurs de peinture. Une esquisse de sa résidence secondaire, par exemple, avec un plan des appartements d'amis, serait très appréciée.

– Il nous faudrait aussi des renseignements sur le jeune homme, marmonna Ti.

La marieuse dévida le rouleau confié par les Ding. On y voyait une dizaine de pavillons dans un jardin paysager.

– Les qualités du promis sont éclatantes ! déclara madame Première.

Comme Ti réclamait des détails sur la conversation préliminaire, la marieuse se lança dans une description topographique :

– Leur demeure s'élève sur un terrain qui s'incline en pente douce vers le sud-ouest. Le parc est traversé par de longues allées arborées et par un ruisseau qu'enjambent trois ponts rouges. Il y a même un prunier centenaire à cet endroit, précisa-t-elle, l'index posé sur le dessin.

Ti se demanda s'ils avaient engagé un courtier en propriétés et bâtisses en guise de marieuse. Il se borna à espérer que le fiancé avait hérité les qualités intellectuelles de son père, et sa cadette, les facultés de résignation du sien.

Quand la marieuse en vint aux installations de bains avec piscine en céramique, conduits d'eau chaude et salle de massage, dame Lin décréta que cette union était une bénédiction et qu'il fallait envoyer les présents de fiançailles.

De son côté, Mlle Ti pratiquait elle aussi l'art des petits cadeaux. Elle avait réussi à faire parvenir à la caserne des manieurs de sabre un foulard généreusement humecté de son propre parfum, un mélange de musc et d'aloès que la Troisième lui avait offert pour son anniversaire sans imaginer quel usage on en ferait. Tigre Volant avait accepté le foulard comme un dédommagement pour la perte de ses chaussures. Petit Trésor considéra que cet échange valait promesse de mariage. Elle lui adressa des poèmes remplis de formules aussi enflammées que « Votre amie pose ses pieds près de votre cœur », ce qui aurait suffi à faire rougir de honte n'importe quel membre de sa famille. Elle reçut en retour une ode très connue, maladroitement copiée, mais seule l'intention comptait. À ce stade des pourparlers, elle s'estima mariée. Elle s'extasia sur la façon dont sa vie avait changé du jour au lendemain. À une période récente et déjà si lointaine, elle n'était qu'une pauvre enfant torturée par une belle-mère démoniaque qui la forçait à épousseter les lampions ; aujourd'hui, elle était quasiment l'épouse d'un héros qui l'arracherait à cette médiocrité pour faire de son existence un chemin semé de fleurs. On lui avait toujours dit qu'elle était née une année faste.

Ti avait quelque chose en tête, en plus des préparatifs d'un heureux événement familial et de la chasse au concombre : il devait se consacrer à quatre cent mille exilés dont l'avenir était mal engagé. Il se débattait au milieu d'inextricables questions d'intendance quand on l'avertit qu'un trafic de poivrons en saumure avait été repéré dans les quartiers ouest. Avant qu'il ait pu prendre une décision à ce sujet, on lui apprit qu'un assassinat venait d'être perpétré sur la personne d'un éminent lauréat des examens impériaux.

– Loués soient les dieux compatissants ! laissa-t-il échapper.

Les lauréats des examens impériaux prenaient le pas sur les poivrons. En outre, il avait bien droit à une petite récréation. Le crime avait été commis dans un quartier résidentiel huppé, le mort était un personnage important, cela avait le parfum des bons vieux meurtres odieusement prémédités auxquels Ti avait eu le bonheur de se consacrer, du temps où il n'avait pas en charge la survie de tant de gens. Il abandonna la déportation à son adjoint, les salaisons à Ma Jong, et se rendit sur place dans le souci de servir au mieux la gloire de dame Wu, leur nouveau Fils du Ciel.

La victime habitait le quartier cossu de Paix-Déclarée. Ti enjamba le seuil rehaussé des bonnes maisons où l'on ne souhaitait pas voir fantômes et démons s'inviter parmi les vivants – il était connu que les créatures surnaturelles ne savaient pas lever les pieds. Les pavillons qui entouraient la cour étaient percés de grandes fenêtres obturées par du papier huilé translucide. Ti gravit trois marches, s'inclina devant Tsao Wang, dieu du foyer, dont l'effigie en terre cuite avait été placée sur le perron, et pénétra dans la première pièce.

Un jeune homme vint à sa rencontre et le salua avec déférence. Le secrétaire Jiang, élève et assistant du défunt, avait dans les vingt-cinq ans. Deux sourcils en ailes de mouette, principal attrait de son visage allongé, donnaient un peu d'expression à un regard si vague qu'on se demandait s'il somnolait ou s'il méditait un coup fourré. En un mot, ses traits exprimaient une sorte d'apathie à laquelle on ne pouvait se fier tout à fait.

– Ni moi ni les domestiques ne nous expliquons ce qui est arrivé, dit Jiang. Rien ne paraît avoir été volé, la maison est en ordre. Mon maître n'avait pas d'ennemi connu, il était veuf depuis des années et n'avait pas d'enfants. Il vivait pour ses études et pour son emploi au bureau des Cartes topographiques.

Les appartements privés contenaient une belle collection de jades. Ti s'y connaissait assez pour deviner qu'il y avait là des babioles de prix parmi ces statuettes et ces anneaux anciens ; rien qui approchât des splendeurs que les princes ou les courtisans fortunés pouvaient avoir chez eux, mais de jolies choses choisies avec goût.

On accédait ensuite à la chambre du propriétaire, qui ouvrait sur une petite cour intérieure remplie de fleurs jaunes. Le corps gisait sur le lit. L'ancien lauréat des examens était un homme d'environ soixante ans dont les cheveux épars sur l'oreiller de bois étaient d'un gris à présent mêlé de rouge. Il n'était pas nécessaire de faire appel à un contrôleur des décès pour comprendre que sa tête avait été fracassée par l'un de ses jades précieux, le plus lourd de la série, que l'assassin avait abandonné sur le tapis. Le gros morceau de pierre d'un blanc laiteux figurait le lapin divin, dont l'enroulement sur lui-même évoquait la lune, son royaume. Le sol était maculé d'empreintes de pas terreuses. Ti les suivit jusqu'au mur de la courette, le long duquel poussaient des orchidées piétinées.

Ti demanda sur quoi portaient les chères études du défunt. Selon le secrétaire, il venait de terminer la fabrication d'une machine dont les serviteurs et lui-même ignoraient ce que c'était, un travail de commande qui avait été livré à la cour deux jours plus tôt. En dehors de la cartographie, il s'intéressait à différents versants de la science, et notamment à la mécanique.

– La mécanique ? s'étonna Ti. C'est une science, ça ?

Il haussa le sourcil. Décidément, le progrès était un cheval sans bride qui galopait sur des sentiers obscurs. Bien sûr, de prétendues sciences telles que cette mécanique n'accéderaient jamais au statut sublime des études confucéennes, science véritable, elle, qui surpassait toutes les autres.

Jiang déploya sous ses yeux un rouleau de parchemin sur lequel avaient été tracés les plans de l'objet en question. Si leur examen ne permettait guère de comprendre son usage, on voyait au moins à quoi elle ressemblait : c'était un assemblage compliqué de roues dentées, fixées sur des axes, qui s'entraînaient les unes les autres. Il y remarqua un emblème à l'encre rouge qui le laissa perplexe.

Après avoir quitté la maison du lettré, Ti longea l'avenue du Commencement-de-l'Été, les mains croisées dans le dos, perdu dans ses réflexions. Au bas du document qu'il venait de consulter figurait le sceau de la chancellerie. Un tueur professionnel, un assassinat qui avait tout d'une exécution, un travail mystérieux commandé par la cour… La piste menait tout droit aux portes de la Cité interdite. Lorsqu'il sortit de ses pensées, il était justement devant l'immense poterne de l'Oiseau-Pourpre. Il contempla les ferrures de bronze et la trentaine de gardes qui en barraient l'accès. Au-delà s'étendaient l'enclos des ministères et, plus loin, le domaine réservé, les pavillons de réception, les quartiers des eunuques, et enfin les appartements impériaux. Ti enquêtait sur le meurtre d'une mouche et débusquait un éléphant.

Alors qu'il hésitait sur la conduite à tenir, un beau palanquin de fonction s'arrêta à sa hauteur.

– Honorable seigneur Ti ! dit le vice-ministre Ding, assis à l'intérieur. Les dieux vous mettent sur mes pas !

Il devait justement lui faire part des dernières dispositions adoptées dans l'affaire du grand déménagement. L'impératrice s'était inquiétée des souffrances dont pâtirait le petit peuple, qui représentait le principal soutien de son pouvoir personnel. Dans son immense sollicitude, elle avait décidé qu'on n'abandonnerait pas les déplacés à leur sort. Elle estimait équitable que l'État se charge de les reloger à leur point d'arrivée, c'est-à-dire à Luoyang, la capitale de l'Est. Elle avait donc ordonné au ministère de fournir un abri aux quatre ou cinq cent mille personnes concernées. Puis elle était partie assister à une compétition de polo féminin organisée pour la fête de la germination printanière.

– Ainsi, il ne s'agit plus que de quitter la capitale de l'Ouest pour celle de l'Est, conclut Ding. Ces gens resteront dans une capitale, rien ne changera pour eux.

– Je crains que ce ne soit le passage de l'Ouest à l'Est qui pose problème, dit Ti.

– Avec un peu de bonne volonté, tout ira bien.

Les devins avaient indiqué à l'administration un jour très bénéfique dans la période étroite qui leur avait été imposée. On se mettrait en route au milieu du printemps : ainsi les voyageurs chemineraient agréablement entre la fin des grands froids et l'arrivée des grosses chaleurs.

L'adverbe « agréablement » laissa Ti rêveur. Ding Hua assura que ce déplacement se ferait dans la joie et la tranquillité, à la faveur d'une douceur de saison.

– « Lorsque la queue de l'Ourse est tournée vers l'est, c'est le printemps pour le monde entier[1] », rappela-t-il.

– Je connais le proverbe, dit Ti. Pourtant, je me suis toujours demandé s'il n'existait pas, dans le monde, des pays où cette époque de l'année n'est pas le printemps.

– Si ces gens sont assez bêtes pour habiter ailleurs qu'en Chine, ils ne méritent pas d'avoir le printemps, répondit Ding avec une logique si évidente qu'aucune contestation n'était possible.

----

1. La position de la Petite Ourse servait à déterminer les saisons.

V

Un tirage au sort plonge la ville dans la stupéfaction ; le juge Ti rencontre des perdants magnifiques.

À la date choisie pour proclamer l'édit impérial, les crieurs publics engagèrent la population à se rassembler sur l'avenue de la Porte-du-Ciel pour entendre les noms des candidats au grand départ. Ti fut officiellement désigné pour organiser la sécurité. En réalité, la garde pourpre assurait le maintien de l'ordre : au moindre éclat, on fermerait les portes de la Cité interdite et on chargerait la foule, lances en avant. Le rôle de Ti consistait à coordonner les mouchards qui espionneraient les conversations et repéreraient les meneurs, afin que l'on puisse procéder aux arrestations utiles, faire des exemples et se débarrasser des mauvaises têtes, au propre comme au figuré. Ce n'était pas ce qu'il aimait le mieux dans ses attributions, mais c'était le prix à payer s'il voulait combattre l'autre versant du crime, celui qui ne menaçait pas les intérêts de l'État.

La très large et interminable artère centrale était noire de monde, comme à la fête de la mi-automne au cours de laquelle on célébrait l'équinoxe tout en se goinfrant de gâteaux de lune. Le soleil qui brillait sur la capitale indiquait l'approbation des dieux.

Officiellement toujours, Sa Majesté n'était pas là – le grand secret du pouvoir était de cultiver le mystère, y compris en ce qui concernait la personne de la souveraine. Elle s'était fait représenter par son grand secrétaire, l'un des personnages les plus puissants de l'empire, du moins dans la mesure où son autorité n'était pas surpassée par celle des favoris, auxquels la Sainte Mère confiait les véritables ressorts de sa politique.

Cependant, Ti connaissait assez les habitudes de dame Wu pour savoir que ces paravents de croisillons, dressés durant la nuit sur la terrasse de la poterne, n'étaient pas apparus par hasard. Jamais elle n'avait fait confiance à quiconque. Ce n'était pas par délégation qu'elle avait réussi à évincer l'illustre famille des Tang et à supplanter tout ce qui portait culotte au sommet de la hiérarchie. Cette claustra permettait d'entretenir le mystère – le peuple ne savait même pas, au fond, si elle était homme ou femme ; le bruit courait qu'un esprit masculin descendu du ciel habitait un corps androgyne, bien qu'elle ait mis au monde plusieurs enfants ; comment les élus du Ciel auraient-ils été de la même essence que le commun des mortels ? Autre avantage, ce paravent sculpté dans un bois solide empêchait quelque comploteur malavisé de lui décocher une flèche dans le but, par exemple, de restaurer l'ancienne dynastie récemment écartée du trône. Dame Wu avait toujours su accorder les contingences avec ses volontés, ses désirs et ses traits de caractère particuliers, dont une insatiable curiosité n'était pas le moindre.

Les eunuques montrèrent au peuple une masse de jetons sur lesquels avaient été inscrits tous les noms de famille portés par les gens de Chang-an. Le dernier recensement avait bien facilité cette opération.

On les introduisit dans une grosse jarre ornée sur le devant d'une main de King Wan, dieu de la Chance, et, sur les côtés, des symboles favorables qu'étaient le dragon, le crapaud à trois pattes et le navet, sur des plaques d'or qui brillaient au soleil, de manière à bien faire comprendre au peuple que les gagnants de ce tirage seraient les élus de la Fortune.

Une fois la jarre scellée, on la fit tourner plusieurs fois sur elle-même. Puis on démasqua une ouverture étroite, sous la main dorée. À chaque secousse, un jeton traversait la fente et venait se placer tout seul dans un présentoir où les témoins les plus proches de la tribune pouvaient lire le caractère qui y était inscrit. Le chef des eunuques annonçait le nom, qui était répété de crieur en crieur afin que chacun l'entende. Des scribes le recopiaient sur des bannières destinées à être exposées de part et d'autre de la porte de l'Oiseau-Pourpre. Les employés du gouvernement ajoutaient à leur décompte le nombre de personnes qui portaient ce patronyme. Il était convenu qu'on arrêterait le tirage quand le quota de cent mille foyers aurait été atteint.

À chaque annonce, on percevait le soulagement qui s'emparait d'une partie de la foule et le désespoir des gens condamnés à quitter leur maison, une manifestation plus ou moins sonore selon que ce nom était plus ou moins répandu. « Tchong » l'était tant que son irruption faillit provoquer une émeute. L'abbé du Cheval-Blanc, l'un des principaux maîtres du bouddhisme, dut monter sur l'estrade pour exhorter la populace à montrer sa fidélité au mandat céleste. Le ministre des Rites le remplaça pour assurer les exilés du soutien du gouvernement. Sollicité à son tour, le général en chef des armées du Nord se contenta de poser ostensiblement la main droite sur la poignée de son sabre, ce qui fit taire les plus mécontents. Les jetons suivants furent tirés dans un silence digne d'une grande nation respectueuse de ses dirigeants.

Quand on eut énuméré une trentaine de noms, les scribes indiquèrent qu'il leur en fallait encore au moins un : plusieurs patronymes étrangers désignés par le sort ne concernaient d'une très faible partie de la population métropolitaine. Le peuple s'attendait à entendre annoncer la clôture de la liste quand un ultime jeton atterrit sur le présentoir. « Li ! » répétèrent en écho les crieurs dans un silence de tombeau. Ce nom, plus qu'un autre, jeta l'assistance dans la perplexité : c'était celui de la famille des Tang[1].

Ti vit le grand secrétaire se rapprocher discrètement du paravent ajouré. Il parut écouter pendant quelques instants, puis se tourna vers le peuple et annonça que les chers parents de Sa Majesté du côté de son défunt mari auraient à cœur de donner le bon exemple avec abnégation.

Les quelques princes répartis sur les côtés du paravent blêmirent, certains furent agités de mouvements nerveux, l'un d'eux s'effondra et fut emporté par les eunuques. Ces mots étaient l'acte de déchéance le plus net qu'on ait formulé depuis longtemps. Des

---

1. Il était de tradition que le fondateur d'une dynastie lui choisisse un nom. Le premier Li à monter sur le trône avait élu celui de « Tang », tandis que l'impératrice Wu avait opté pour celui de « Tchou ».

altesses étaient ravalées au rang de simples quidams abandonnés aux aléas du hasard, aux lois communes, pire, aux corvées publiques. Leur couper la tête aurait été moins humiliant. Ceux qui la connaissaient le mieux reconnurent dans ce coup du sort la griffe impitoyable de la souveraine. Qui d'autre avait pu oser faire introduire leur patronyme dans la jarre ? Elle avait saisi une occasion idéale de se débarrasser de tous ceux qui dérangeaient ses plans. Les mauvais esprits notèrent que les Wu n'étaient pas inclus dans la liste d'exode.

La cérémonie était finie, le sacrifice consommé. L'esplanade se vida sans heurts, en silence, dans un ordre parfait. Ti espéra que cette réussite préfigurait la facilité avec laquelle on déplacerait tant de monde en une seule fois. Un étrange murmure s'éleva néanmoins à mesure que les gens atteignaient les rues adjacentes : ils avaient attendu de n'être plus sous les yeux de la garde pour donner libre cours à leur désespoir. On entendait à présent un mélange de pleurs et de plaintes étouffé par la distance. Une telle rumeur, pour sinistre qu'elle soit, ne traversait pas l'épaisse muraille rouge derrière laquelle s'élevaient les ministères, le grand secrétariat, la chancellerie et le domaine privé de la Sainte Mère. Si Ti n'était pas resté sur place, il n'en aurait rien su. Lorsqu'il eut gravi les marches de l'estrade, sa situation géographique rejoignit sa situation sociale : un peu en hauteur, mais plus bas que le siège du pouvoir, à mi-chemin entre le peuple et les gouvernants. Il était l'oreille d'un appareil d'État volontairement devenu sourd.

Il mit fin à ses tristes constatations pour se demander de quelle manière le tirage avait été truqué. Les jetons étaient de petites tablettes en bois clair, toutes identiques, hormis pour l'inscription peinte sur l'une des faces. Rien ne permettait de soupçonner une quelconque tricherie. Une balance d'orfèvre aurait été nécessaire pour s'assurer qu'elles étaient d'un même poids, mais une telle vérification au vu de tous aurait été considérée comme une injure envers la cour. Par ailleurs, Ti ne voyait pas en quoi une infime différence aurait pu favoriser la catastrophe qui s'abattait sur les princes.

On ouvrit un clapet pour ôter les tablettes restées à l'intérieur. Ti put constater qu'il y en avait bien une seule par patronyme et que la boule n'était pas fourrée de doublons. Au reste, une telle manipulation aurait risqué de faire émerger plusieurs fois le même nom. Puisque chacun était occupé à ce nettoyage, il glissa deux jetons dans sa manche : un qui était sorti de la jarre et l'autre qui ne l'était pas.

La boule tournait facilement sur son axe. L'ayant fait basculer, il crut percevoir un faible cliquetis. Tant que l'avenue avait été noire de spectateurs, la simple respiration et les froissements des vêtements avaient suffi à couvrir ce son. Le bruit des tablettes qui s'entrechoquaient à l'intérieur l'étouffait de toute façon. À présent que l'esplanade était déserte, la jarre vide, et qu'il avait l'oreille collée tout contre, Ti entendait distinctement un martèlement d'autant plus étrange qu'il était parfaitement régulier. « Clic clac » faisait la jarre à chaque rotation.

Une main bloqua la boule alors que Ti écoutait avec attention ce qui se passait à l'intérieur.

– Que Votre Excellence veuille bien m'excuser, dit un eunuque, nous devons emporter la jarre sacrée qui nous a transmis les volontés divines.

Ti se renseigna sur l'avenir de la jarre sacrée. On lui répondit qu'elle allait être offerte à un lieu saint, où elle serait exposée à l'adoration des fidèles sur l'autel du dieu de la Chance.

Ti se dit qu'il s'en irait bientôt faire ses dévotions à ce dieu-là.

Il avait un programme chargé. Son premier scribe lui proposa, avant de retourner à la commanderie, de s'arrêter manger un bol de nouilles. Comme il commençait à bien connaître les habitudes du chef de la police, il avait prévu des vêtements de rechange. Entre deux palanquins d'apparat, Ti enfila, à la place de sa tenue de cérémonie, une robe de simple lettré plus discrète. Ils firent quelques pas dans une rue adjacente et entrèrent dans une taverne où l'on servait, affirma le scribe, un petit alcool de riz qui vous requinquait en énergie yang. Ti refusa de s'interroger sur l'origine d'un tel mets en période de pénurie et se laissa tomber sur la banquette qui courait le long des tables basses.

Ils n'avaient pas encore fini les boulettes de millet glutineux servies en entrée quand le mandarin remarqua un curieux phénomène. Tandis qu'ils trempaient leurs baguettes dans les plats, la taverne s'était entièrement vidée de ses clients et de son personnel. Il eut un frisson à l'idée qu'il était tombé dans un traquenard. Son adjoint n'en menait pas large, Ti lui trouva une mine coupable.

Un homme qui avait tout d'un valet stylé vint s'incliner devant le magistrat et s'offrit à le conduire à l'arrière de la taverne, où il était attendu. Cela sonnait comme une invitation impossible à refuser. Il fit franchir à Ti une porte étroite qui communiquait avec une maison de thé huppée. Dans une salle ornée de peintures murales qui figuraient des paysages bucoliques, une quinzaine d'hommes étaient assis en tailleur selon une disposition en fer à cheval. Ils invitèrent le nouveau venu à s'asseoir et lui proposèrent un déjeuner plus raffiné que celui qu'il avait entamé de l'autre côté de la porte. Ti accepta d'autant plus volontiers que cela pouvait être son dernier repas.

Une fois à la même hauteur que ses commensaux, il en reconnut quelques-uns, bien que la plupart d'entre eux aient été chassés de la cour des années auparavant. Il était à une réunion d'exilés. C'étaient tous des cousins, fils ou neveux des trois empereurs Tang qui avaient régné depuis l'instauration de la dynastie, soixante-treize ans plus tôt. Comme les monarques chinois disposaient d'innombrables concubines, leur lignée pullulait. L'impératrice avait déjà taillé dans la parentèle jusqu'à s'en prendre à ses propres enfants. Ti avait sous les yeux une dizaine de ces Li encore trop nombreux au goût de la souveraine.

Entre les raviolis à la viande qui chauffaient devant eux sur un tripode et la soupe aux huit trésors[1], ils affirmèrent que ce « déménagement » n'était qu'une occasion de les faire disparaître. Selon leurs informateurs, leurs palais de Luoyang avaient d'ores et déjà été promis aux favoris de « l'atroce usurpatrice ». Depuis qu'elle prenait ses quartiers d'été dans la capitale de l'Est, les résidences agréables y étaient très convoitées.

---

1. Composée de huit aliments différents.

À cette évocation, Leurs Altesses émirent des lamentations dignes d'un chœur de pleureuses à des funérailles de luxe. Avoir été élevé dans la soie ne prédisposait pas aux tracas d'une situation pénible.

Ils désiraient remettre leur sort entre les mains de l'honorable Ti Jen-tsié, aussi connu pour sa droiture que pour son efficacité. Laisserait-il la famille de son défunt monarque à la merci d'une voleuse qui leur préparait un sort funeste ? Les baguettes se suspendirent à mi-chemin des bols : on guettait sa réponse. En cas de refus, on ne doutait pas d'avoir peu d'autres déjeuners agréables devant soi.

Sur la question de l'usurpation, l'opinion du mandarin divergeait un peu de la leur. À son avis, le pouvoir appartenait à celui qui s'en emparait, à plus forte raison si celui-ci savait l'exercer pour le bien commun. Le fondateur de leur dynastie avait lui-même ôté le disque de jade[1] des mains des Sui. Il évita bien sûr d'exprimer ce point de vue devant ses commensaux, cela aurait gâché le goût subtil des mets.

Cependant, ces massacres répétés lui déplaisaient, d'autant que maints lettrés de son propre rang avaient été inclus dans les purges. Lui-même n'avait dû qu'à sa force de persuasion de ne pas être voué à la décapitation ou à l'exil. Le Ciel, en favorisant sa sauvegarde, ne l'avait-il pas désigné pour rendre un même service à ceux qui se voyaient plus menacés que lui ?

Malheureusement, il était au service de l'impératrice par l'intermédiaire du gouvernement, il n'y

---

1. Équivalent du sceptre.

avait pas l'ombre d'un ministre dans cette pièce pour agréer sa décision, et son acquiescement s'apparenterait fort à de la trahison. Les accusations de ce genre hasardaient la vie des familles entières, enfants et domestiques compris. Ti ne se montra guère enclin à passer dans leur camp.

– Nous reconnaissons bien là l'expression de cette droiture qui a fait votre réputation, regretta l'un des princes.

– L'honorable Ti est paré de toutes les vertus, ajouta un autre, avec ce qui ressemblait à de l'ironie.

Ti espéra qu'ils ne comptaient pas menacer sa vie ou celle de ses héritiers ; cela aurait été une très mauvaise façon de l'intéresser à leurs malheurs.

Les princes ne s'étaient pas attendus à voir le chef de la police se jeter dans leurs bras, aussi avaient-ils prévu un argument auquel un homme doué d'une telle équité pouvait être sensible. Ils avaient un secret à lui révéler. Un grand méfait se préparait. Celle qu'ils désignaient au mieux sous le nom de « l'abominable belle-mère Wu » tenait par-dessus tout à sauvegarder la paix à l'intérieur des frontières : elle se donnait déjà bien de la peine pour contenir les barbares qui menaçaient son immense territoire, pour faire régner la terreur chez les mandarins et pour tourmenter sa belle-famille – à ces mots, les princes firent entendre de nouveaux soupirs plaintifs. Si elle avait ordonné de faire bâtir à Luoyang autant de logements que nécessaire, c'était pour éviter tout risque de révolte. Or les princes savaient de source sûre qu'on ne parviendrait pas à préparer en si peu de temps le grand nombre de toits requis.

– Que feriez-vous, seigneur Ti, si vous aviez échoué à accomplir une mission confiée par une femme-vampire qui a déjà tranché des milliers de cous pour de moindres fautes ?

La réponse s'imposait d'elle-même. Il semblait que Ti allait devoir prendre la route avec le reste des exilés, en fin de compte.

VI

Une demoiselle se fiance à un tigre ; le juge Ti paye pour dormir dans un placard.

Petit Trésor avait un rendez-vous qu'elle n'aurait manqué pour rien au monde. Le mur d'enceinte de la propriété familiale était fissuré, tout comme la surveillance appliquée aux jeunes filles. La fissure était dans la cour des communs où se trouvaient les cuisines et la lingerie, ce qui expliquait qu'on n'avait pas mis son colmatage au nombre des priorités. La demoiselle des Ti s'accroupit contre l'interstice un peu avant le moment prévu et patienta dans une délicieuse expectative.

Elle avait les traits réguliers de sa mère, le regard vif de son père, et ce qu'on aurait pu appeler une « jolie frimousse ». Il manquait encore quelques années à ce visage pour posséder un peu de gravité, ce qui ne vient qu'avec les premières désillusions, les premiers écueils, les fruits d'une expérience que l'existence calfeutrée et artificielle dans les appartements réservés ne procurait pas à une demoiselle des Tang.

Quand l'heure du cochon[1] eut résonné sur les tambours des crieurs, elle eut la satisfaction d'entendre murmurer son nom depuis l'autre côté. Aussitôt, les

---

1. Elle s'étendait de vingt et une à vingt-trois heures.

battements de son cœur s'accélérèrent. Son soupirant avait bravé le couvre-feu, il était exact et courageux en plus d'être beau et souple, il avait toutes les qualités. La moitié de visage éclairé par la lune qu'elle apercevait à travers la fente lui donna l'impression qu'il faisait grand soleil.

– Je suis venu vous dire adieu, articulèrent les lèvres joliment ourlées.

Petit Trésor s'en étonna fort. Son histoire d'amour prévoyait maintes péripéties, mais point d'adieu. Au contraire, dans ses projets, après quelques rendez-vous galants et une cour assidue d'environ deux mois, le danseur de sabre était accueilli à bras ouverts par papa Ti, et les jeunes gens débutaient une vie heureuse dans l'opulence et l'insouciance. Pour l'insouciance, elle en possédait déjà des réserves inépuisables.

Alors seulement elle apprit la catastrophe. La catastrophe n'était pas qu'un cinquième des habitants de la capitale étaient voués à la déportation vers un lieu lointain, dans des conditions indéterminées ; les grandes calamités ne pèsent rien devant un drame intime. La maudite jarre mue par la main du démon avait osé désigner son amoureux parmi les victimes du sacrifice.

– Votre nom n'est-il pas Lei ? répondit-elle. Comment se peut-il que vous partiez alors que ma cuisinière, Lei Maïan, reste avec nous ?

– Lei Heng, « Tigre Volant », est le surnom que je porte depuis que j'ai coiffé le bonnet viril. Mon patronyme est Tseng.

Cette révélation atterra la jeune femme. Elle se reprit aussitôt. La solution était à portée de main : elle allait en parler à papa.

Tigre Volant leva un sourcil. Elle lui avait raconté que son cher père occupait un poste de conseiller influent. Le moment était propice à un surcroît de précision. Petit Trésor évita de lui révéler qu'elle était la fille du chef de la police ; son père n'était pas le sujet de conversation qu'elle avait imaginé pour cette entrevue ; elle craignait aussi de refroidir les ardeurs d'un amoureux que ses assiduités exposeraient à certains risques tant qu'il n'aurait pas été correctement présenté. Elle s'abstint même de dire son nom exact. En revanche, celui du danseur l'intéressait infiniment.

– Comment vous nommait-on avant que vous ne coiffiez le bonnet viril ?

Dans son enfance, on l'appelait « Fétu de Paille ». La pratique de la danse acrobatique, cela vous changeait une carrure.

Comme la menace de l'exil persistait à assombrir l'humeur du visiteur, elle lui assura qu'il n'avait pas à s'inquiéter : papa faisait la pluie et le beau temps au gouvernement, il ne permettrait pas que des décrets ridicules privent sa fille chérie d'un bonheur mérité. Son assurance parut rasséréner le prétendant. Ils se quittèrent après s'être fait mille serments.

Petit Trésor ne doutait pas que papa Ti accéderait à sa demande. Ne lui avait-il pas de tout temps offert les chats, chiens, oiseaux et tortues qu'elle désirait, et même, une fois, un singe savant qui avait fort exaspéré madame Première ? Il ne lui vint pas à l'idée qu'un gendre acrobate tombé de l'arbre pourrait exaspérer ses parents plus encore qu'un singe savant.

Ti gagna le sanctuaire du Cheval-Blanc en toute discrétion. Il tenait aussi bien à découvrir le contenu de la jarre qu'à éviter d'éveiller la suspicion. On avait déjà assassiné un lettré dont le savoir était certainement plus précieux à l'empire que les petits talents d'un chef de la police à la longévité déjà très supérieure à la moyenne. Déguisé en pèlerin d'une région lointaine, il s'était chaussé de bottes usées, portait à l'épaule un sac de corde d'où dépassait une natte en jonc enroulée sur elle-même, et s'exprimait avec cet accent rocailleux des côtes de la mer Jaune que sa carrière provinciale lui avait permis de maîtriser à la perfection. Il commença par visiter la pagode, s'inclina devant les statues de Guanyin la Compatissante et de plusieurs bodhisattvas[1] au sourire rassurant. La grosse boule n'était pas là. On lui apprit que son installation était prévue pour le lendemain ; elle était à ce moment dans les réserves.

Le Cheval-Blanc avait été édifié pour honorer un vœu de l'impératrice, qui avait nommé à sa tête un abbé de conversion toute récente, qui passait pour être son amant. Les bâtiments étaient hauts et luxueux, on n'avait pas mégoté sur la dotation, et cette religion bien en cour attirait les dons.

Ti obtint un coin de paillasse en échange d'une offrande qui lui aurait permis de louer une chambre dans la meilleure auberge de la capitale. Avec le couchage, on offrait aux visiteurs un repas végétarien assez fruste, composé d'une salade de germes de

---

1. Saints du bouddhisme, en quelque sorte équivalents des anges occidentaux.

soja, de chou blanc à la sauce piquante et de soupe aux vermicelles.

Après le dîner, Ti fit quelques pas avec d'autres visiteurs dans la cour qui séparait le réfectoire du dortoir. D'une section isolée par une clôture leur parvenaient des rires, de la musique, ce qu'on aurait pu prendre pour les marques d'un banquet en bonne compagnie. Des novices leur expliquèrent qu'il s'agissait de prière par le rire : la tristesse n'honorait pas le Bouddha. Ti vit passer des femmes enveloppées dans des vêtements luxueux et voyants, que les moines conduisaient vers la partie réservée. Il supposa qu'on avait trouvé des manières encore plus joyeuses d'honorer le Bouddha.

Il étendit sa natte dans un coin du dortoir, tira de son sac sa boîte-oreiller et s'enveloppa dans sa couverture. Quand la pièce fut plongée dans l'obscurité, il se releva, se faufila entre les dormeurs et quitta le bâtiment comme s'il partait à la recherche des latrines. Il n'y avait aucune surveillance, les moines étaient trop occupés à se reposer, à s'amuser ou à servir ceux qui s'amusaient, aussi put-il errer de cour en cour comme un furet dans un terrier abandonné.

Il vit passer des bonzes munis d'outils, qui disparurent derrière une porte. S'étant approché, il perçut un fracas assez bref. Caché derrière un pilier à base carrée, il vit sortir les moines, qui se reprochaient mutuellement d'avoir oublié les sacs. Les moines partis, il entra à son tour dans la pièce, un dépôt rempli de paniers et de caisses. Les morceaux de la jarre étaient éparpillés sur le sol en terre battue. Soit on avait prévu d'en exposer une autre à l'admiration des fidèles, soit on annoncerait qu'un fâcheux accident rendait l'exhibition impossible. Au milieu des tessons, il remarqua un étrange assemblage de roues dentées pareil aux plans qu'il avait consultés chez le lettré assassiné. On aurait dit un système d'engrenages, un peu à la manière de ceux qui permettaient de faire monter l'eau pour l'irrigation des champs situés au-dessus des rivières.

Ti sortit de sa manche l'un des jetons récupérés sur l'estrade du tirage au sort et l'introduisit dans la mécanique. Les rouages l'avalèrent avec l'avidité d'une couleuvre qui vient de croiser une grenouille. Les petites roues se mirent en mouvement et le recrachèrent sur leur gauche. Ti fit de même avec le second jeton, celui qui avait été tiré au sort par la boule sacrée. Entraîné lui aussi par les dents de bois, il termina son parcours du côté droit. À force de triturer les deux tablettes, Ti vit que la tranche de l'une d'elles était rainurée, celle de l'autre, non.

Cet examen plein de surprises lui avait fait perdre la notion du temps. Ayant entendu des pas dans la promenade couverte, il s'accroupit derrière un entassement de sacs de blé si volumineux que la disette semblait s'être arrêtée aux portes du monastère. Les deux bonzes s'attaquèrent à coups de masse à la complexe architecture de bois, la mirent en pièces et fourrèrent les fragments dans une toile de lin. Leur tâche accomplie, ils se retirèrent avec leur fardeau, et Ti constata qu'ils l'avaient enfermé dans la réserve.

Il se fit un matelas de vieux tapis et s'endormit à l'abri des paniers, enveloppé dans les draperies dont on parait les statues les jours de fêtes.

VII

Un projet de mariage fait la joie de presque tout le monde ; le juge Ti insiste pour se faire confier une mission impossible.

Ti fut réveillé à l'aube, lorsqu'un novice vint chercher de l'encens à vendre aux fidèles qui désiraient l'offrir aux effigies des bienveillants bodhisattvas. Il attendit que le jeune homme eût la tête dans les coffres pour se diriger vers le dortoir, où tout le monde emballait déjà ses affaires de nuit.

À peine fut-il de retour chez lui que sa cadette lui demanda un moment d'entretien. Elle était matinale. Sans doute son mariage avec le jeune Ding la passionnait-elle au point de lui causer des insomnies. Il se réjouit de cet enthousiasme. Quelle félicité, pour un père, de se reposer sur une parfaite harmonie familiale ! Si difficile que soit son travail, il pouvait au moins s'appuyer sur la bonne entente de toutes les femmes qui l'entouraient.

Il eut la surprise de voir la chère enfant lui prodiguer toutes sortes de minauderies dans le but de lui faire dispenser de déménagement une certaine famille Tseng qu'elle protégeait. « Papa chéri » s'étonna qu'elle ait déjà ses protégés. Il promit de voir ce qu'il pourrait faire, mais craignait que des gens plus haut placés que sa cadette n'aient eux aussi leur liste d'exemptions. La cour avait sûrement prévu cela. Si l'on permettait une seule faveur, les demandes pleuvraient sur les ministères comme la grêle au printemps. Or il savait de bonne source qu'on s'était donné vraiment beaucoup de mal pour organiser ce déplacement général ; à tel point, peut-être, que même la volonté d'une fillette montée en graine ne puisse l'entraver.

– Sais-tu combien il y a de gens du nom de Tseng, dans cette ville ? demanda-t-il.

À vrai dire, il n'en savait rien lui-même, mais le fait que son barbier, son cuisinier personnel et son marchand de bottes en cuir de Mongolie portaient ce nom était un indice de popularité. Les inspecteurs extraordinaires chargés du recensement et de l'application du décret « Grand Déménagement patriotique » avaient tracé « famille volontaire » à la peinture sur les murs des maisons qui devaient être vidées. Quiconque serait dénoncé pour avoir changé de patronyme serait passible d'une sentence capitale, exécutable sous vingt-quatre heures. On ne faisait pas de tofu sans faire rancir le soja.

Il épargna à sa cadette l'ensemble de ses doutes pour ne pas lui gâcher sa journée. Et puis, il avait eu une bonne nouvelle, au milieu de toutes ces contrariétés : ses chers beaux-parents, les Ding, ne figuraient pas dans la liste de proscription, elle allait pouvoir convoler conformément aux vœux du Ciel et de madame Première ! Ti ne pensait pas que le secret de son mariage aurait été gardé entre les murs du gynécée, aussi fut-il surpris de la voir tomber des nues.

Elle n'avait pas prononcé un mot et le regardait avec des yeux ronds quand les trois compagnes entrèrent pour lui souhaiter un bon réveil, les bras chargés de nourriture, du nécessaire de toilette et de vêtements propres. Puisque tout le monde était réuni, Ti en profita pour annoncer officiellement à Petit Trésor qu'on lui avait négocié un bon mari. Cette union, qui était une chance pour leur clan, ravissait chacun. Il ne restait à la jeune femme que d'être heureuse et leur joie serait complète. Ti était enchanté de contracter une alliance avec un vice-ministre habile et cultivé ; dame Lin promit de venir la voir très souvent dans la belle propriété bien située et bien chauffée qu'ils possédaient à Luoyang ; la piété bouddhiste de cette famille satisfaisait madame Deuxième ; quant à madame Troisième, elle estimait que sa fille ne pouvait rêver mieux et que tous ses rêves étaient donc comblés.

Rien de tout cela ne correspondait à l'idée que Petit Trésor se faisait d'un bon mari. À aucun moment la moindre danse du sabre n'avait été mentionnée. Elle fondit en larmes et courut cacher son désespoir dans sa chambre.

– Notre fille est bien élevée, dit dame Lin : elle refuse de montrer en public une joie excessive.

Ti savoura particulièrement ses petits pains fourrés de haricots rouges et cuits à la vapeur. À défaut de faire le bonheur de ses administrés, du moins faisait-il celui de son entourage, avec constance et abnégation. C'était là un sentiment propre à régénérer des forces dont il aurait grand besoin pour affronter cette rude journée.

Après ses aventures au Cheval-Blanc, une nouvelle visite chez le lettré assassiné s'imposait.

Il y trouva le secrétaire occupé à trier les papiers de son défunt maître. Étrangement, Jiang lui parut beaucoup moins disposé à collaborer que la fois précédente. Il venait de recevoir une belle promotion au sein de son bureau de la Cartographie, sa mémoire en pâtissait, il ne se souvenait plus d'aucun détail. En outre, à voir les rouleaux de parchemin entassés près de la porte, Ti le soupçonna d'être sur le point de détruire toute trace des travaux conduits par son mentor. Le mandarin adopta son attitude dite de « Confucius constatant que le duc de Tchao méprise ses enseignements », les mains croisées sur la poitrine et le sourcil froncé.

– Qui vous a appris le peu que vous savez, cette belle science mécanique à laquelle il tenait tant, et l'art sublime de la cartographie ?

– Mon maître, répondit Jiang en baissant le nez.

– Qui vous a donné votre premier emploi ?

– Mon maître, dit Jiang, des larmes dans les yeux.

– Qu'ont fait pour vous, ces dernières années, ceux qui vous offrent aujourd'hui de soutenir votre carrière ?

– Rien, admit Jiang, le visage défait.

Il paraissait tiraillé entre des sentiments contradictoires. Ti comprit ce qu'il en était. Jiang faisait partie des noms tirés au sort par la sphère. La bonne opinion que ses supérieurs avaient de lui était sa seule chance de revenir un jour occuper un poste à la capitale. Ti changea de tactique. Les arguments qui avaient si bien convaincu les princes devaient être assez bons pour un simple secrétaire. Il suggéra que ce grand déménagement était en réalité une occasion de se débarrasser des gêneurs. Pensait-il que son nom avait été choisi par hasard ? Il avait été lâché par sa hiérarchie, on voulait sa perte, son salut était dans l'alliance avec un magistrat sagace.

Rouge de confusion, le secrétaire n'osa plus rien dire. Ti tendit la main. Jiang y déposa les plans qu'on l'avait chargé de brûler avant son départ.

– Inutile d'aller vous jeter dans la rivière, dit le mandarin. Vous travaillez désormais pour moi.

Ti consulta avec attention les dessins qu'il avait parcourus des yeux à sa première visite. Il devait s'agir d'un système ingénieux qui permettait de trier les tablettes introduites dans la boule. Bien sûr, on ne pourrait le démontrer qu'en reconstituant la machine entière. Même dans ce cas, cela ne prouverait pas que ce principe avait été employé par le gouvernement. Il en était, à sa connaissance, l'unique témoin. Sans doute y en avait-il quelques autres – les proches du lettré, les charpentiers qui lui avaient livré les roues dentées, les fonctionnaires qui avaient trempé dans le complot... Mais Ti ne pouvait s'illusionner. Il n'était pas ici dans l'une de ces sous-préfectures où il incarnait à lui seul toute l'autorité. À la capitale, il pouvait porter autant de titres ronflants qu'on lui en accordait, « Son Excellence d'une considération universelle » n'était qu'un fragile maillon de l'administration, sans plus d'importance que les rouages en bois de cette machine. S'il se permettait d'inquiéter la cour, on verrait se produire dans cette affaire une avalanche d'accidents, de meurtres, de suicides ou de condamnations sur des motifs inventés. Sa seule chance d'utiliser ses découvertes était de les garder secrètes et d'enquêter sans agiter plus d'air que la libellule qui se pose sur un nénuphar.

Les princes avaient donc raison : ils avaient été poussés dans un piège. Ti espéra qu'on n'allait pas sacrifier quatre ou cinq cent mille personnes pour en éliminer quelques dizaines qui n'en gênaient qu'une seule.

– Vous travaillez à la cartographie, dit-il à Jiang, vous pourriez m'être utile. On ne sait jamais : la connaissance des cartes sert peut-être, en voyage.

Il lui annonça qu'il l'emploierait comme scribe pour la durée du déménagement. Ainsi, Jiang pourrait racheter sa faute envers les mânes de son maître, et le juge serait à même de le protéger. « À même de garder un œil sur lui », pensait Ti.

Jiang se prosterna pour exprimer sa gratitude envers une bonté dont il s'était montré si peu digne.

Restait à se faire charger de la sécurité des princes dont Sa Majesté méditait la disparition. Il demanda audience au vice-ministre Ding, son futur parent. Il allait devoir jouer finement. Ceux qui voulaient s'en prendre aux Li et ceux qui voulaient du mal au peuple tout entier lui laissaient peu de marge pour agir.

– Déjà les visites de fiançailles ? dit gaiement Ding Hua en accueillant son nouveau cousin du côté des Ti.

Ce dernier déclara son intention d'aller à Luoyang.

– C'est une destination très à la mode, cette saison, répondit le haut fonctionnaire.

Ti voulait y aller avec le convoi. Cousin Ding se remémora la liste des trente et quelques noms tirés au sort.

– Vraiment, Ti ? Votre patronyme n'a pas été choisi, pourtant.

Il sembla au vice-ministre que certains avaient la rage de se précipiter là où les autres allaient en pleurant.

– C'est très fâcheux, reprit-il. Vous risquez d'être absent à la date prévue pour l'union de nos chers enfants.

Ti se demanda s'il ne devait pas voir là une menace d'annulation. Soucieux de préserver le bonheur de sa chère fille, il assura que ce déménagement n'était l'affaire que d'une dizaine de jours à l'aller, moins encore au retour. Ding parut dubitatif. Il contempla son interlocuteur comme si celui-ci ne pouvait pas en revenir vivant.

– D'où vous vient cette soudaine envie de promenades champêtres ? demanda-t-il. Des tracas domestiques ?

Ti dévoila son intention d'assurer la sécurité des princes tout au long de l'opération. Il vit bien, à la mine du vice-ministre, qu'il venait d'ajouter l'incongruité à la bizarrerie. L'avantage de dépasser les bornes à ce point, c'était que le fond du sujet ne pouvait plus être évoqué. À quiconque n'était pas dans les rouages de l'État, il aurait paru normal de vouloir protéger Leurs Altesses. Comment Ding aurait-il pu lui rétorquer que le sort prévu pour ces parents de l'empereur était à peu près le même que celui des cafards sous une semelle ?

– Voilà une idée intéressante... se contenta de répondre le vice-ministre sur l'air de « le beau-père de mon fils est un dément ».

De son côté, Ti avait passé trop d'années à protéger les habitants de Chang-an pour les laisser massacrer par une poignée de conseillers apeurés. Puisque la vérité n'avait pas produit de bons résultats, il tâta du mensonge.

– Je crois savoir que la cour souhaite vivement que rien n'arrive à Leurs Altesses alors qu'elles donneront le bon exemple, dit-il.

Il était patent que la cour souhaitait exactement le contraire, aussi Ding supposa-t-il que c'était là une phrase à double sens dont il fallait comprendre l'inverse.

– Certes, le chancelier désire que Leurs Altesses bénéficient d'une protection très efficace, admit-il sur le même ton.

L'idée lui vint que le futur beau-père avait été chargé d'une mission secrète. Ce chef de la police n'était-il pas connu pour ses méthodes particulières ? Le visage de Ding s'éclaira. Il avait donc devant lui l'assassin que ses supérieurs avaient choisi pour éliminer les derniers rejetons des Tang. Il n'avait garde de contrecarrer de si beaux plans qui vaudraient à leur exécuteur une brillante carrière, mieux valait s'y associer.

– Bien sûr, grand frère Ti, je rédige immédiatement une note ministérielle. Je suis honoré de voir bientôt nos deux clans nouer des liens étroits. Nous attendrons le retour de Votre Excellence aussi longtemps qu'il le faudra pour célébrer cet heureux mariage.

Son Excellence le grand frère des Ding s'inclina avec gratitude.

VIII

Un fleuve quitte son lit pour se répandre un peu partout ; une triste prédiction s'accomplit par la faute de ceux qui devaient l'empêcher.

Le soir et la nuit qui précédèrent le départ, la ville fut en effervescence. Un habitant sur quatre faisait ses bagages. Les autres se partageaient les meubles abandonnés, offraient des banquets d'adieu ou repéraient les logements libres. Partout, cela grouillait, cela pleurait, cela priait, cela s'invectivait. Ti n'eut pas le loisir de dîner, de se coucher, de dormir. À voir les prémices de l'événement, maintenir l'ordre dans le convoi n'allait pas être chose facile. Comme ceux qui restaient n'avaient pas l'intention de garder avec eux la lie de la société, on déménageait aussi les mauvais garçons et les mendiants qui, sans doute, comptaient subsister au détriment des autres voyageurs tout au long du trajet.

Ti exposa à Ma Jong la mission qui leur était confiée. Officiellement, il s'agissait d'assurer le respect des hiérarchies sociales afin que le déplacement se fasse dans l'harmonie qui plaisait au Ciel et à la Sainte Mère. Officieusement, c'était la même chose, à ceci près qu'ils devaient s'arranger pour que quatre cent mille marcheurs ne se changent pas en quatre cent mille cadavres. Ma Jong posa la question que

Ti aurait mieux aimé ne pas entendre : dans le cas où l'on ne pourrait protéger à la fois le peuple et les princes, qui faudrait-il choisir ? Ce point était embarrassant. La conscience du magistrat le portait vers les deux. Dans le cas où un homme voyait son père, sa femme et son fils se noyer, Confucius prescrivait de secourir le père au nom de la piété filiale, puis le fils pour préserver la lignée, puis la femme s'il lui restait du temps. Voilà qui faisait pencher la balance du côté des princes, leurs supérieurs dans l'échelle sociale. Ti sentait son crâne prêt à exploser sous la pression d'un conflit intérieur.

— Sauve qui tu pourras, répondit-il. Et prie pour qu'il se trouve des dieux et des hommes pour nous le pardonner.

Ti parvint à se ménager quelques instants pour embrasser ses chères compagnes. Il leur demanda comment Petit Trésor prenait l'annonce de son mariage.

— Très bien, répondit sa Première. Elle s'est enfermée dans sa chambre et pleure constamment. C'est une réaction normale chez une jeune fille.

Ti s'étonna.

— Avez-vous pleuré avant nos noces ?

— Oh, non ! répondit dame Lin.

Elle avait pleuré après.

Par précaution, Ti rédigea à son intention un mandat qui ordonnait à ses services de venir en aide à sa détentrice sans poser de questions et apposa sur le document le sceau de sa commanderie. La ville risquait d'être agitée et il ne serait pas là pour défendre sa famille. Sa Première aurait peut-être besoin de toute l'assistance possible pour sauvegarder leurs personnes et leurs biens.

Cela fait, il rejoignit ses hommes à la poterne sud et transmit ses pouvoirs à son premier adjoint.

– Je présente à Votre Excellence tous mes vœux pour la terrible tâche qui lui incombe, répondit celui-ci.

– Je vous confie les concombres, dit le juge Ti.

C'était ce pauvre homme qui devrait désormais courir après les légumes et plonger dans des bassines pour vérifier qu'elles ne contenaient pas des fèves de contrebande. Ti s'en voyait libéré, à quelque chose malheur était bon.

Ti avait réclamé une copie du tracé afin de se préparer aux difficultés. Au ministère, son émissaire s'était entendu répondre que des spécialistes s'occupaient de tout et que, pour le bien public, il était préférable de les laisser travailler. Le magistrat en conclut qu'ils s'embarquaient pour un voyage mystère.

Avant de franchir la porte monumentale, Ti alla saluer les princes Li réunis sur l'avenue. Il y avait là une vingtaine de familles dont le train de vie avait été réduit à la portion congrue. Par brimade, Sa Majesté leur avait confisqué la plupart de leurs titres, et bien sûr les revenus des domaines qui y étaient attachés. Chacun n'avait plus auprès de lui que deux ou trois compagnes, les enfants en bas âge et un personnel clairsemé. Cela sentait la fin.

Chacun des chariots princiers était surmonté d'une oriflamme au nom de son propriétaire. Ti demanda que tout cela soit ôté. Leur équipage aurait moins de clinquant, mais cette discrétion empêcherait de les repérer à trois lis de distance.

– Faites ce qu'il dit, conseilla le prince de Pin à ses infortunés cousins.

La peur d'une flèche jaillie de nulle part l'emporta sur la honte de la déchéance. Ti s'étonna par ailleurs de les voir si peu entourés.

– Quand nous avons réclamé la permission d'armer nos gens, le grand secrétariat nous a répondu que nous étions dans la main du Bouddha. Nous craignons à présent que le Bouddha ne serre le poing.

– J'espère que vous vous appuyez sur une garde importante, dit un autre en tâchant de voir ce qu'il y avait derrière le mandarin.

La confiance que l'on avait dans les capacités du juge Ti n'excluait pas l'envie de le voir épaulé par de solides gaillards en armure rutilante.

– On vous a attribué un détachement de gardes pourpres, sans doute ? supposa un troisième.

Ils virent s'avancer une cohorte de pouilleux débraillés qui se tenaient comme des gredins. Ce tableau n'avait rien de commun avec le bel ordonnancement du régiment des nobles affecté d'ordinaire aux membres de la famille régnante. Ils furent déconcertés.

– Le mandarin Ti est un stratège de génie, expliqua le prince de Pin. Cacher ses forces à l'ennemi sous un déguisement de loqueteux, cela figure au chapitre VI de *L'Art de la guerre*. Je vois qu'avec lui nous sommes à l'abri de tout péril.

Le stratège s'inclina. Les princes s'en allèrent plus rassurés qu'il ne l'était lui-même. Encore n'entendit-il pas les propos qu'ils échangèrent en privé.

– Il nous laisse à la merci de va-nu-pieds, n'est-ce pas ? La cour ne lui aura accordé aucun vrai soldat. Seuls les dieux savent où il a ramassé ceux-là.

Le prince de Pin garda le silence. Ces temps-ci, il aimait mieux voir son sort entre les mains du dernier des gueux plutôt qu'entre celles, délicatement manucurées, de l'impératrice Wu.

Ti monta dans un palanquin dont les étendards proclamaient « Chef de la commanderie sud ». Ma Jong menait sa troupe en soufflant. S'entourer de jeunes gens pour compenser son âge était une bonne idée, mais elle exigeait une énergie qui lui faisait parfois défaut.

– Ce petit voyage est une chance, le bon air va te rendre la forme ! l'encouragea le juge, confortablement installé sur ses coussins.

« S'il ne me tue pas », songea le lieutenant en approuvant poliment ce généreux pronostic.

– Allez, monte à cheval ! dit Ti en désignant l'une des rares montures que leur avait octroyées l'administration.

Il voyait bien que son vieil ami était au bord de l'apoplexie. Il ne voulait pas sa mort, et surtout pas au premier jour du voyage, quand il avait besoin de quelqu'un pour tenir d'une main ferme la troupe de coupe-jarrets dont Ma Jong avait cru bon de s'entourer.

Les interminables avenues rectilignes de Chang-an étaient noires de monde. Il semblait que tous les quartiers de la ville aient vomi leur contenu de chair humaine dans les conduits qui les évacueraient hors de ce corps mis à la diète. Il était difficile de croire qu'il n'y avait là que le trop-plein des habitants.

Les gardes ouvrirent à deux battants chacun des portails qui s'ouvraient au levant des fortifications. Le trop-plein commença à se déverser dans la plaine de l'Est. Non seulement les routes, mais aussi les champs, les prairies, les vergers se couvrirent d'une masse noire et grise, faite de chignons et de tuniques de la teinte que les nobles abandonnaient au peuple.

Alors que les exilés se dirigeaient d'un pas traînant vers leur destination lointaine, un roulement de tambour les incita à se retourner. Un mandarin se tenait sur la muraille. Il parut qu'un petit discours allait être prononcé afin de donner un tour édifiant à l'opération, c'est-à-dire pour remplir le crâne des perdants d'une explication à laquelle ils n'avaient peut-être pas songé tout seuls. Un silence recueilli, parfait, obéissant, tomba sur l'océan humain. Les bébés même ne vagissaient plus, les chiens n'osaient plus aboyer, les oiseaux avaient tu leur pépiement, signe annonciateur des séismes et des raz-de-marée.

« En route pour cette longue marche au nom de l'effort collectif ! » clama de toutes ses forces le fonctionnaire impérial couvert de soie qui les jaugeait depuis l'enceinte. À l'entendre s'époumoner avec conviction, on aurait pu croire qu'il faisait partie du voyage, qu'il n'allait pas rentrer tout à l'heure à la chancellerie, annoncer que le grand départ s'était accompli dans des circonstances favorables et qu'un problème venait donc d'être réglé pour la plus grande gloire de l'empire.

Quant aux morts ambulants qu'il venait de saluer, ils ne prirent pas le temps de comprendre si ce qu'ils ressentaient était de la colère plus que de la peur. Ils séchèrent leurs larmes du revers de leurs manches et laissèrent leurs pieds conduire leurs corps dans le sens indiqué par le gouvernement.

Ti avait compté faire tout le voyage en palanquin. Il ne tarda pas à se rendre compte que c'était une erreur. Avec ses huit porteurs, très efficaces pour filer d'une ville à l'autre sur une route dégagée, il était aussi mobile qu'un éléphant dans un troupeau de moutons. Au mieux, le flux passait de part et d'autre de son véhicule comme l'eau contre un rocher. Il ne fallait pas espérer viser le moindre point, il ne se déplaçait pas, il flottait comme un naufragé sur une planche. Et puis c'était effrayant. Il se voyait menacé à chaque instant de verser dans le magma mouvant, où cent mille semelles auraient martelé ses chairs jusqu'à le réduire à un amas sanguinolent. L'abandon provisoire du palanquin n'était pas seulement indispensable à son travail, il l'était à sa survie.

Comme il se faisait ces réflexions, il assista à un tragique accident. Un palanquinier avait trébuché – était-ce un accident ? Comment le savoir, dans cette mêlée ? –, ses compères avaient lâché prise sous l'excès du poids, la cage en bois s'était disloquée sans que le flot s'arrête pour autant. Ti avait vu les montants et les soieries disparaître, aussi aplatis sans doute que le passager.

Il devait exister un moyen de transport plus maniable. Il en voyait défiler autour de lui de toutes sortes, depuis la brouette jusqu'aux chameaux, animaux couramment utilisés pour le commerce au long cours. Seuls les caravaniers barbares s'aventuraient à les monter, les Chinois redoutaient le mal de mer provoqué par cette démarche chaloupée, ils se contentaient de les charger de paquets et de les tirer par la bride. Si utiles qu'ils soient, les chameaux n'occupaient pas dans l'estime des Hans un rang très au-dessus de la charrette.

Le secrétaire Jiang, qui marchait contre la couche du magistrat, éprouvait un enthousiasme littéraire.

– Votre Excellence sent-elle ce qu'il y a d'exaltant à se lancer dans cette aventure héroïque, dans cette équipée vers l'inconnu ?

Ti ne sentait rien de tel. Si les voyageurs par contrainte montraient tant de tristesse au début de leur périple, qu'en serait-il dans quelques jours ? Qu'en serait-il demain ? Ou dès ce soir ?

À peine eut-on laissé derrière soi les faubourgs de Chang-an que la tête de convoi aperçut des pies sur un arbre. Il était rare d'en voir autant à la fois. Ce spectacle rasséréna quelque peu les voyageurs inquiets.

– C'est un bon présage, noble juge ! se réjouit le secrétaire Jiang. Les pies sont des oiseaux de bon augure !

– Je le sais bien, dit Ti, c'est moi qui ai ordonné aux oiseleurs de les accrocher là. Si vous pouviez vous approcher tout près, vous verriez qu'elles ont une cordelette à la patte.

Il convenait de réconforter les exilés avant l'épreuve. Un bon moral était déjà la moitié d'une victoire.

– Votre Excellence possède la sagesse de Sun Tsu[1] ! s'extasia son nouveau secrétaire.

Son Excellence avait lu Sun Tsu, surtout.

On cheminait derrière les autels portatifs des dieux qui présidaient à cet effort : Chung-kuei, patron des voyageurs, Siming, l'Arbitre de la destinée, Hou T'u, divinité du sol, Confucius, considéré comme le dieu

---

1. Auteur de *L'Art de la guerre*.

de l'obéissance à l'État, et bien sûr une effigie de Maitreya, le Bouddha de Bonté et de Miséricorde. Ceux qui avaient aperçu le visage de l'impératrice pouvaient la reconnaître dans ces traits d'une douceur très féminine, à la nuance près que cette expression était peu fréquente chez le modèle. On murmurait que le portrait choisi pour les représentations divinisées de la Sainte Mère avait été peint le jour où celle-ci avait obtenu l'exécution des dix mille lettrés qui protestaient contre son absolutisme.

Quoi qu'il en soit, les bannières flamboyantes où les noms des dieux s'étalaient en caractères de trois pieds de haut ouvraient leur marche vers l'avenir meilleur promis par les augures, les économes et les responsables de la Cité interdite. On avait truffé le convoi de mandarins du petit niveau, censés raviver le courage du peuple et lui rappeler constamment que cette épreuve, officiellement qualifiée de « promenade salutaire », devait être surmontée pour l'intérêt commun et la gloire de la Chine.

– Tout va bien ! répétaient-ils, sourire aux lèvres. Tout va pour le mieux ! Le Bouddha veille sur nous tous ! Sourions pour honorer nos gouvernants éclairés !

Un peu plus loin, c'était le détachement monté et armé qui veillait sur eux, et, à l'autre bout, le service gratuit des funérailles express.

– J'espère que ces hérauts ne comptent pas sur ma protection, dit Ti.

À l'impossible nul ne pouvait être tenu, pas même un policier chinois.

Comme on était au printemps, leur flot continu dévastait les champs et pillait les jeunes pousses, compromettant les prochaines récoltes.

– Nous allons traverser le verger aux mille poiriers qui s'étend au pied du mont Huajing, annonça le secrétaire Jiang. À cette époque de l'année, les arbres en fleurs doivent offrir un coup d'œil merveilleux.

Quand ils furent en vue du mont Huajing, Ti ne constata la présence d'aucun verger. Il y avait bien des branches cassées et des piquets tordus qui craquaient sous les pieds, mais, d'arbres fruitiers, point. Ils comprirent que les voyageurs étaient passés comme un vol d'insectes, ils avaient tout ravagé, arrachant les treilles et brisant les troncs graciles pour servir de combustible au prochain bivouac.

– C'est triste, un verger rasé, dit Jiang.

Ti était au milieu d'une mer humaine qui débordait bien au-delà de la route. Mieux aurait fallu déplacer tout ce monde par vagues successives. Ceux qui avaient organisé l'immense opération avaient le sens de la catastrophe.

– Les augures avaient raison, dit Jiang : les récoltes vont être mauvaises.

– Si les augures s'étaient tus, peut-être auraient-elles été bonnes, répondit le juge Ti.

IX

Les Ti égarent leur trésor ; tandis que madame
Première se dévoue pour faire le bonheur des siens,
une effrontée dilapide les bijoux de famille.

Un grand calme était tombé sur la ville depuis
qu'elle avait perdu un quart de ses habitants. Ce
silence aurait été reposant s'il n'avait eu quelque
chose d'inquiétant. Les rescapés étaient assez nombreux pour faire à peu près autant de bruit que par
le passé, mais leurs épaules étaient lestées d'un manteau de bronze. Chang-an semblait sortir d'une épidémie dont on craignait le regain.

Les soldats faisaient le tour des maisons marquées
pour s'assurer qu'elles avaient bien été désertées. On
avait l'interdiction d'y loger avant trois mois, afin que
les récalcitrants soient aisément repérables. Entre le
couvre-feu quotidien, qui vidait les avenues au coucher du soleil, et les chefs d'îlot, qui tenaient les
portes des quartiers et gardaient l'œil sur leurs voisins,
il était difficile de se cacher. Le bureau des Dénon-
ciations fonctionnait à plein. Évidemment, nulle opération ne pouvait être parfaite, il fallait accepter une
marge d'échec raisonnable, mais on estimait qu'au
moins quatre cent mille personnes avaient été expul-
sées, sur les cinq cent mille visées par le décret. Vu
l'importance du sacrifice imposé aux exilés, ce résultat

pouvait être considéré comme une réussite éclatante. Le décret avait permis d'éprouver la solidité de la société, dont le ciment était un mélange d'obéissance et de résignation. Ce qu'il y a toujours de plus merveilleux dans les ordres tyranniques, c'est la capacité des peuples à les accepter. Sur ce point aussi, le grand déménagement était une source de satisfaction. L'impératrice jugeait son autorité affermie. Plus elle opprimait ses sujets, plus elle se sentait à l'unisson avec eux. C'était un miracle de plus sur la voie semée d'or et d'encens qui l'avait menée du néant à la gloire, ce destin qui avait changé une obscure « fille pour servir Sa Majesté » en un potentat révéré. Elle avait dit à un habitant sur quatre : « Saute dans le vide ! », et il avait sauté. Après un tel exploit, seule la luminescence du soleil et la transparence du jade pouvaient concurrencer sa splendeur.

Pour ce qui était de la capitale, les deux journées écoulées n'avaient pas permis à l'animal blessé de guérir, il ne cessait de lécher ses plaies. Madame Première tâchait, quant à elle, de tromper son malaise tant bien que mal. De même que l'impératrice avait mis à profit le décès du Fils du Ciel pour s'asseoir sur le trône, dame Lin était devenue par remplacement le nouveau chef des Ti. Son mari n'avait plus à faire semblant de lui donner des ordres qu'elle n'avait plus à feindre d'exécuter. Elle était devenue, à l'échelle de leur résidence, ce qu'était la Sainte Mère dans le pays entier, et recueillait, de la part de son entourage, le même degré de sympathie que son modèle auprès des lettrés.

Au matin du troisième jour, madame Première trouva le personnel prosterné sur le plancher, devant sa chambre. Elle subodora une contrariété.

– Un grand malheur est survenu ! dit une servante, sans oser lever la tête.

Dame Lin chercha quel genre de malheur pouvait plonger le personnel dans la terreur.

– Qui a laissé brûler ma robe de cérémonie toute neuve ?

On lui apprit que la jeune maîtresse avait disparu. Dame Lin supposa qu'elle se cachait : elle était si taquine, elle faisait exprès de ne montrer aucune joie à l'idée de son mariage ; elle devait se dissimuler dans quelque coffre pour se rendre intéressante.

L'intendante l'informa que tous ses bijoux et colifichets de quelque prix avaient disparu aussi, de même que sa poupée préférée.

– Elle s'est enfuie ! déclara madame Première, accablée.

Ses projets d'alliance venaient de s'effondrer aussi violemment qu'une maison de campagne à l'épicentre d'un tremblement de terre. Elle réunit sur-le-champ un conseil d'épouses.

– Peut-être a-t-elle été enlevée ? suggéra à voix basse la Deuxième.

Dame Lin n'en croyait rien. Enlever la fille du chef de la police ! Il n'y avait pas à Chang-an un malfrat assez fou pour tenter l'expérience, tout comme il n'existait qu'une seule personne assez bête pour imaginer cela, et elle se tenait dans cette pièce.

Une servante apporta un papier trouvé sur le lit de la jeune maîtresse. C'était une lettre d'au revoir où elle suppliait sa mère et ses tantes de lui pardonner : la poursuite du bonheur l'appelait à Luoyang. Dame Lin en déduisit qu'une lubie mystérieuse l'avait poussée à rejoindre son père dans le convoi des proscrits.

La Troisième était sur le point de défaillir. Pour ranimer ses forces, la Deuxième lui prit le poignet et y posa un cône d'encens allumé. Dame Lin se félicita d'avoir, elle, assez de présence d'esprit pour se concentrer sur l'angle important de cette affaire : leur réputation. On ne pouvait se permettre un tel scandale. Même ceux qui feraient mine de les plaindre riraient sous cape.

— Le rang de notre mari exige que nous réglions ce problème sans faire de vagues.

Elle était bien fâchée d'avoir engagé les préliminaires de fiançailles avec les Ding. Quand ils enverraient l'oie sauvage nuptiale, ils s'attendraient à recevoir la promise en retour. Il n'existait qu'une seule manière de garder la face : il fallait récupérer la gamine avant que les beaux-parents n'aient vent de la catastrophe.

Dame Lin se tourna vers la Troisième. C'était à la véritable mère de la fuyarde d'y aller, quitte à finir découpée en morceaux par des bandits de grand chemin – ce qui aurait été une bonne façon de laver son honneur. Mais dame Tsao ne cessait de pleurer dans les fumées d'encens. Elle n'était pas en état de voyager et ne serait qu'un fardeau. Quant à la grosse Deuxième, autant la vendre tout de suite à des bouchers itinérants, on en tirerait peut-être une belle somme au poids, mais cela n'aiderait en rien à préserver leur respectabilité. Comme toujours, dame Lin allait devoir se dévouer. La vie conjugale était une source ininterrompue de sacrifices.

— Sauvez ma petite ! implora la Troisième, le visage dans sa manche.

Lin Erma promit de la retrouver, ne serait-ce que pour lui faire payer les désordres qu'elle provoquait.

À voir la lueur qui brillait dans les yeux de la Principale, les concubines se demandèrent si elles ne
devaient pas souhaiter à Petit Trésor de rester perdue dans la nature.

Avant de se mettre en route, madame Première
devait s'adjoindre un accompagnateur qui la guide-
rait et la protégerait des mauvaises rencontres. Bien
sûr, chez elle, personne ne voulait y aller. Elle aurait
pu contraindre l'un des serviteurs, mais elle préfére-
rait avoir auprès d'elle quelqu'un de compétent. Elle
se souvint que son mari, vingt ans plus tôt, n'avait
pas hésité à engager un escroc du nom de Tao Gan,
ce dont il n'avait eu qu'à se louer par la suite –
contrairement à ses compagnes, priées de cohabiter
avec un individu douteux. Dans le cas présent, la
cohabitation durerait le temps d'un petit voyage, Lin
Erma pouvait donner dans le douteux. Où trouver
l'être retors mais obéissant indispensable à son projet ?

Elle décida de se rendre à la commanderie de son
mari. Elle s'y fit conduire en grand appareil, Ti ayant
laissé derrière lui son palanquin de ville, ses crieurs
et ses étendards, toute cette panoplie qui faisait tant
d'effet sur ses administrés. Les policiers crurent voir
revenir leur chef, ou son fantôme. Ils furent assez
surpris lorsqu'une femme en robe chamarrée quitta
le véhicule à huit porteurs.

Madame Première leur présenta la procuration
laissée par son époux et exigea qu'on lui fournisse
un assistant. Les fonctionnaires ne l'intéressaient
guère – les propos de Ti Jen-tsié, autour du riz du
soir, ne leur faisaient pas de réclame. Elle avisa les
prisonniers qu'on entassait dans le dépôt, derrière

une grille de bambous, de l'autre côté de la cour. Une salade de soja savoureuse réclamait une sauce pimentée. Le tout était de bien choisir le piment.

Réfractaires au grand déménagement, les détenus étaient tous promis aux mines de sel. Elle les fit placer en rang devant elle. Un bon accompagnateur devait connaître le trajet, être solide et débrouillard, propre sur lui et ne pas exhaler d'odeurs corporelles d'aucune sorte. C'était beaucoup – maints policiers de son mari n'auraient pas passé l'épreuve. Ceux-ci jugèrent les facultés mentales de dame Lin aussi dérangées que celles de leur patron ; cela devait tenir à quelque ingrédient pourri que leur cuisinier mêlait à la nourriture.

Le premier réfractaire qu'elle examina était un ivrogne qui avait manqué le départ faute d'avoir dessoûlé ; ce n'était plus du piment, qu'elle aurait versé dans son soja, c'était de l'alcool frelaté. Le deuxième était une brute ; autant faire garder la chèvre par le tigre, non merci. Le troisième répondit parfaitement à toutes ses questions ; elle en conclut qu'il était trop rusé pour ne pas lui filer entre les mains après l'avoir dépouillée de sa bourse et de ses bottes. À l'issue de ce qui avait tout l'air d'une audition pour l'opéra de Chang-an, elle désigna celui qui lui paraissait le plus apte à l'aider.

– Réfractaire Du, déclara le premier scribe, tu vas guider la noble dame des Ti qui te fait l'honneur de solliciter ta grâce.

On prévint le volontaire que, s'il arrivait quoi que ce soit à la noble dame des Ti, les femmes de sa famille seraient vendues comme esclaves aux bordels d'État, tandis que les garçons partiraient défendre la Grande Muraille avec l'armée du Nord, où le taux de survie était déplorable. On pouvait faire confiance à l'administration pour motiver ses intérimaires. En surcroît de précaution, dame Lin emmenait une intendante habile à manier le couteau, pour le cas où il faudrait finalement se défaire du délinquant.

Madame Première dut ensuite se procurer le véhicule adéquat. Même les mandarins de leur rang ne possédaient pas de chevaux, par manque de place, et surtout parce qu'un décret de salubrité publique interdisait d'entretenir des quadrupèdes à l'intérieur des remparts. Quant aux montures de l'administration, elles étaient réservées à la troupe afin de mater une éventuelle révolte à laquelle personne ne croyait. Pour le reste, c'était le grand désert. Les mules, les ânes, les bœufs, tout ce qui n'avait pas été mangé et qui tenait debout était parti, chargé de paquets ou d'invalides. Les brouettes même s'étaient négociées à prix d'or pour le transport des grands-parents.

En faisant jouer des relations haut placées, elle mit la main sur un vieux mulet osseux et malodorant. Cet inconfort fut ajouté à l'ardoise de la fugitive, qui devait s'attendre à recevoir la rouste de sa vie dès l'instant de leurs retrouvailles.

Dame Tsao, la plus lettrée des trois compagnes, remit à la Première un livre qui lui serait sûrement très utile pendant le périple. C'était une relation de voyage intitulée *Compilation à l'usage des promeneurs du Shanxi*. On y décrivait par le menu toutes les bonnes adresses du trajet, jusqu'aux spécialités à commander dans les tavernes, outre de nombreux conseils pleins de bon sens.

Dame Lin s'enveloppa dans un manteau bleu fourré, elle releva le col jusqu'à ses oreilles et enfonça les mains dans un épais manchon. Elle avait passé la moitié de sa vie à courir les routes derrière le juge, que son ministère déplaçait tous les trois ans d'une ville difficile à une autre pire encore. Voilà qu'elle devait de nouveau respirer de la poussière pour la cadette de son mari ! Elle n'était pas sûre que la prochaine génération la trouverait en état de mener des pérégrinations à travers l'empire.

Avant de quitter le nid familial, Petit Trésor avait rassemblé dans un baluchon toutes les babioles qu'elle possédait. Plus une demoiselle était issue d'un milieu fortuné, moins elle savait à quoi ressemblait une sapèque ou un taël. Rares étaient les occasions de quitter les pavillons rouges, elle n'avait guère la possibilité d'aller chez les commerçants, en tout cas jamais sans une servante âgée qui faisait barrage même aux marchandes de jujubes. Pour plonger dans l'inconnu, la demoiselle des Ti n'avait eu qu'à se faufiler hors de la demeure paternelle.

Elle savait au moins repérer les *jifupu* à leurs enseignes en forme de tirelire. Ces établissements spécialisés dans l'achat et la revente des objets privés pullulaient dans la Chine des Tang. Elle surmonta sa timidité, se composa une attitude de reine venue couvrir son bon peuple de bienfaits et poussa la porte de la boutique. La suite de l'opération ne fut hélas que désillusions. Avec le grand déménagement, maints déportés avaient bradé les biens qu'ils ne pouvaient emporter. Le cours du dépôt urgent avait chuté, les usuriers étaient à sec de liquidités. En revanche, la jeune vierge bien élevée en rupture de ban avait toujours la cote. Le commerçant lui proposa de se vendre elle-même, ce dont elle tirerait facilement deux beaux rouleaux de soie ; on pourrait même lui trouver une maquerelle pas trop méchante, si elle désirait continuer dans cette branche. Il se montra pressant. Elle abandonna tout espoir de négociation et s'enfuit sans se retourner.

Le voyage ne débutait pas sous les meilleurs auspices. Comme elle passait devant le temple des Douves et des Murailles, Petit Trésor estima qu'un sacrifice au dieu des voyageurs ne serait pas superflu. L'autel de la divinité était surchargé. Quatre cent mille malheureux avaient formé des vœux à l'intention de toutes les créatures surnaturelles susceptibles d'adoucir leur épreuve. Elle se sentit comme un petit poisson perdu dans le fleuve avant même d'y avoir sauté.

Elle s'était constitué une tenue de voyage dont le choix avait été guidé par des critères personnels. Soucieuse d'être à son avantage dès qu'elle retrouverait son amoureux, c'est-à-dire, à n'en pas douter, dès la première heure de son évasion, elle avait chaussé des souliers en soie délicate, brodés de ses mains d'un idéogramme qui voulait dire « Amour ». Elle avait enfilé une jolie robe à rayures serrée sous la poitrine par un ruban et avait jeté sur ses épaules un long châle bleu clair qui mettait son teint en valeur. C'était charmant, délicieux, ravissant et tout à fait impropre à une longue marche sur des chemins caillouteux semés d'excréments, de trous et de flaques boueuses.

Elle ne doutait pas que ce convoi serait bien ordonné : son père jouissait, à la maison, d'une autorité incontestée, il devait en être de même partout ailleurs. Elle ignorait qu'il n'avait pas été nommé à la tête du cortège et que, de toute façon, le déménagement d'un demi-million de personnes n'avait guère de rapport avec une opération de police. Elle se réjouissait par ailleurs d'avoir échappé à la goule affamée de chair humaine que les conventions l'obligeaient à appeler « mère » sans qu'elle ressente pour elle le moindre sentiment filial.

Hélas, elle n'avait jamais marché dans l'affluence d'une avenue bondée. Son expérience des foules se limitait au groupe des trois cents danseuses à la chorégraphie bien réglée, avec qui elle s'était produite dans la cour du Faîte-Suprême. Dès qu'elle eut mis le pied dans le flot des derniers exilés sur le départ, elle se trouva prise dans un mouvement irrépressible. Il ne lui fallut que quelques minutes pour comprendre son erreur, regretter une initiative malencontreuse et décider de rentrer chez ses parents. Mais il était trop tard. Qu'elle le veuille ou non, Chang-an s'éloignait d'elle aussi sûrement que sa vie de petite fille.

« Je veux rentrer chez la goule ! » s'écria-t-elle quand elle se sentit emportée malgré elle. Ni les goules ni les dieux n'étaient plus à portée d'oreille, ses cris furent couverts par le piétinement d'un million de jambes et son corps dériva vers l'inconnu des espaces sans murs, sans pères, sans principes, où les demoiselles de bonne famille s'aperçoivent trop tard qu'elles n'auraient jamais dû venir y poser leur joli chausson de soie brodé.

X

Un scorpion gâte un banquet ; le juge Ti fustige une troupe de hérissons.

Alors que le jour baissait, une nouvelle inquiétude étreignit le juge Ti. Comment organisait-on le bivouac simultané de quatre cent mille personnes ? La réponse prévue par l'administration chinoise était simple : on s'en remettait à la discipline naturelle du peuple, c'est-à-dire qu'on se gardait bien de s'en mêler.

Quand il fit sombre et qu'on fut épuisé, chacun se posa où il était, comme il le put. Il fut immédiatement trop tard pour organiser des rues, des croisements, des dégagements, le grand déménagement devint la grande pagaille. Pour se chauffer ou pour mitonner des soupes de riz dans des marmites collectives, on allumait des feux entre les chariots, les tentes bancales, les abris improvisés, les nattes jetées à même le sol. Ti vit là un péril immédiat. Il fit passer la consigne : « attention aux foyers », et l'on remplit des seaux d'eau, ce qui vida les puits et les mares. Ti jugea opportun, à l'avenir, de s'arrêter lorsqu'on rencontrerait une rivière, quelle que soit l'heure. Un cours d'eau, une vaste esplanade, de la nourriture à portée de main, cela faisait beaucoup de critères. Sur ce dernier point, les déportés appliquèrent une solution commode : ils pillèrent tout ce qu'ils trouvèrent dans la nature et dans les masures alentour.

Ti put voir l'effet produit par quatre cent mille égarés qui s'arrêtaient au même moment, au même endroit, si tant est que l'on puisse qualifier d'endroit une vallée tout entière. La cour avait chassé le malheur hors de Chang-an, elle l'avait exporté à travers la province.

Le palanquin du mandarin lui servit de chambre et de salon. Plutôt que d'emmener le personnel approprié, il avait choisi ceux de ses domestiques frappés par le décret d'exil. Ils réussirent à lui concocter quelques plats chauds, mais la qualité du dîner se ressentit de leur manque d'habitude. Par chance, en cette première soirée, les princes ne purent mieux faire que d'inviter leur protecteur à partager leurs agapes. Reçue entre les beignets *wonton* pas croustillants du tout et les champignons au vinaigre éventé, l'invitation fut considérée comme la seule bonne nouvelle de la journée.

Leurs Altesses s'étaient réunies en carré à l'intérieur d'une de leurs tentes, autour de simples nattes tressées en guise de tables. Les serviteurs déposaient les plats devant eux et les faisaient tourner dès qu'on y avait plongé ses baguettes.

Ti nota que l'un des commensaux le regardait fixement sans faire un geste. Lorsqu'il bougea enfin, ce fut pour s'effondrer dans les bols disposés devant lui. On crut à un malaise dû à la fatigue. Tandis qu'on s'empressait autour du malade, l'œil exercé du magistrat remarqua l'attitude évasive et l'expression fermée du serviteur qui venait de le servir. Il tenta de le rejoindre, mais en fut empêché par la bousculade des convives à l'intérieur de cet espace confiné.

Le valet sorti, Ti courut sur ses pas. Dehors, Ma Jong et ses hommes prenaient leur propre souper, assis en cercle autour d'un feu sur lequel chauffait une marmite. Ti désigna le fuyard.

– Ma ! Attrape-le !

L'intéressé désigna à son capitaine la direction dans laquelle avait disparu le serviteur.

– Attrape-le !

Sans lâcher ses baguettes, le capitaine répercuta l'ordre à l'intention de ses hommes :

– Vous avez entendu ! Allez !

Ti eut l'impression que les relais de commandement auraient gagné à être simplifiés. Il s'élança lui-même après le suspect sans attendre que ces messieurs choisissent parmi eux le puni qui manquerait la soupe. Ils se décidèrent à l'accompagner, mais dans l'obscurité, au milieu d'une prairie de corps allongés, la meilleure troupe de l'empire ne lui aurait pas été d'un puissant secours. Autant chasser une crevette grise dans de l'eau opaque. Au bout d'un moment, le capitaine vint s'agenouiller devant Ma Jong, qui s'agenouilla devant son patron.

– Vos misérables esclaves se sont montrés en dessous de leur tâche.

Ti leur fit signe de se relever. Ses misérables esclaves avaient grand besoin de revoir leur organisation. À cette heure tardive, on ne pouvait mieux faire qu'oublier ses déboires et prendre un repos nécessaire à l'effort du lendemain.

De retour sous la tente du banquet, il vit que le général Pei, commandant des forces montées, avait été prévenu. « Pei » faisait partie des noms bannis, on avait donc confié le grand déménagement à un perdant du tirage au sort. Jamais cet homme ne serait autorisé à revenir à Chang-an, il se voyait chassé loin de la Cité interdite où se décidaient les promotions, où les carrières se jouaient en dehors des champs de bataille. Plus qu'à l'exil, il était condamné à remporter des victoires militaires, ce qui, pour un homme d'apparence aussi butée, n'était pas gagné d'avance.

Un médecin se livrait à l'examen du prince. Celui-ci ne respirait plus et portait au cou une blessure discrète d'où perlait un peu de sang. L'auscultation n'alla pas plus loin que l'observation rapide de la plaie.

– Son Altesse Li Gongsun a succombé à une piqûre de scorpion.

– Ce trou m'évoque plutôt une fine tige métallique, objecta Ti.

– Les scorpions sont très méchants, cette année, insista le médecin qui, visiblement, s'y connaissait très bien en insectes.

Ti se dit que la méchanceté des scorpions devait être un délice en comparaison de celle de la cour. Comme le médecin ne semblait pas vouloir démordre d'une théorie qui l'arrangeait sans doute infiniment, Ti interrogea l'intendance sur l'origine du serviteur enfui. Dans le désordre général, on n'y avait pas pris garde. On ne savait même pas à quoi il ressemblait. Il portait une livrée somme toute assez banale, il était entré sous la tente avec un plat dans les mains, les autres avaient supposé qu'il revenait de chez quelque traiteur ambulant.

La recommandation du général fut de faire fouetter l'ensemble du personnel. Cet arrêt prononcé, il se retira d'un pas martial. On supposa que c'était là sa manière de tenir ses hommes lors des campagnes militaires. Ti se permit de conseiller à ses hôtes de ne pas suivre ce conseil : plutôt que de susciter de l'animosité parmi leurs gens, ils avaient besoin d'encourager le dévouement de leurs derniers fidèles.

Le général parti, les princes demandèrent au médecin quel était son verdict. Ti comprit qu'ils l'avaient prié de mentir devant la soldatesque : s'ils avaient attendu quelque assistance de ce côté-là, ils ne se seraient pas attaché les services du chef de la police. Mieux valait laisser croire que les plans de leurs ennemis se déroulaient à merveille, ce qui d'ailleurs était le cas.

Selon le médecin, Son Altesse avait été piquée au cou à l'aide d'une pointe étroite, peut-être empoisonnée. Le domestique en fuite avait fort bien pu commettre ce crime tout en lui présentant ses plats.

Horrifié par cette malignité, Ti décida de revoir les mesures prises pour leur sécurité. L'idéal aurait été de les enfermer dans une forteresse roulante.

Le lendemain matin, on se prépara à lever le camp dès le premier chant d'un ultime coq pas encore passé à la broche. Le convoi se mit en branle dès qu'on y vit à peu près clair. Le démarrage complet d'un groupe d'une telle ampleur était fastidieux, il ne fallait pas perdre de temps si l'on voulait que la queue du cortège prenne la route avant la nuit.

Les descendants du prince assassiné étaient partagés entre les devoirs filiaux dus à sa mémoire et la nécessité de rester dans les parages du juge Ti. Ils suivirent le mouvement sans se séparer du corps, fixé sur le toit de leur chariot, enveloppé de brocarts, à la façon d'un catafalque ambulant. Ils étaient parvenus à trouver parmi les exilés quelques prêtres taoïstes qui cheminaient de part et d'autre de l'installation en psalmodiant des formules d'appel aux âmes : il ne suffisait pas d'emporter le cadavre, il fallait aussi s'assurer qu'on ne laissait pas ses esprits volatils s'égarer dans la nature.

Les chars des princes ressemblaient à des tourelles calfeutrées, hérissées de piques. Il leur était impossible de circuler sans blesser des gens. Quiconque serait déporté contre l'une de ces pelotes d'épingles finirait embroché comme une sauterelle au miel. Ti les pria de supprimer cela.

– Votre Excellence est-elle ici pour augmenter notre sécurité ou pour la diminuer ? protesta d'une voix aigre l'un de ses protégés.

Ti lui demanda s'il comptait laisser derrière son véhicule une traînée de sang avant même d'avoir subi la moindre attaque. Comme cette éventualité ne semblait guère émouvoir Leurs Altesses, pour qui le peuple restait une notion abstraite, Ti leur opposa un argument qu'elles pouvaient comprendre. Après les premiers morts, leurs agencements seraient pris d'assaut par leurs compagnons de route et les assassins n'auraient plus à se donner de peine.

On ôta les lances.

– S'il nous arrive malheur, vous aurez notre mort sur la conscience, Ti.

Le juge pouvait s'accommoder de cette prédiction. Après un tel échange, s'il se produisait aujourd'hui, ce triste événement ne lui pèserait pas trop.

Petit Trésor avait passé la nuit dans l'abri relatif d'une futaie, au sein d'un groupe de femmes qui faisaient partie des traînards et des retardataires.

Comme elle était jeune et peu chargée, elle atteignit, deux heures après le lever du jour, l'emplacement à présent désert où s'était établi le bivouac. Rien ne tenait plus debout. La foule n'avait laissé derrière elle qu'une interminable étendue de végétation piétinée, jonchée de déjections et de détritus. Sans doute les voyageurs n'avaient-ils pas même conscience de ces déprédations : jamais ils ne revenaient sur leurs pas pour contempler les conséquences de leur passage. Leur esprit était accaparé par leurs propres difficultés, les habitants des régions traversées leur semblaient bien heureux de rester chez eux. À voir l'état du pays, on pouvait se demander si les gens du coin n'auraient pas à rallier le convoi, eux aussi, pour glaner ailleurs de quoi subsister.

Pour sa part, elle jugea fort difficile de se concentrer sur la localisation de Tigre Volant quand on est déjà obnubilé par deux tâches : avancer et survivre. Ses vêtements, par exemple, ne convenaient pas du tout. Pas un instant elle n'avait imaginé devoir cheminer si longtemps, elle avait supposé que tout serait facile, ou qu'on l'aiderait, ou que son danseur se présenterait de lui-même, elle ne savait pas ce qu'elle avait cru. Le fait tangible, c'était que tout était différent. Un ballot tombé d'un chargement lui procura quelques habits ternes mais solides tels qu'en portaient le peuple. Elle s'estima déguisée, et ce n'était pas là le déguisement qu'elle aurait choisi. On prenait ce qu'on trouvait, ce fut la première leçon qu'elle tira de cette pérégrination pathétique.

Elle apprit aussi que les gens de peu avaient tendance à se regrouper par clan, c'est-à-dire par nom de famille, afin de créer entre eux un début de solidarité un peu artificielle. Elle venait de partir à la recherche du clan des Tseng quand elle remarqua que la route devenait plus difficile : on grimpait désormais à flanc de coteau.

« Tiens, ça monte », pensa-t-elle.

XI

Un dragon franchit une montagne ; madame Pre-
mière couche dans une auberge fantôme.

Le convoi suivait un chemin escarpé. Ti se
demanda quel cartographe de génie avait eu la
bonne idée de faire transhumer quatre cent mille
personnes par un lieu aussi malcommode. Des cris
retentirent. À deux pas, un chariot était sur le point
de verser dans l'abîme. Ma Jong et son régiment de
pouilleux le retinrent in extremis du côté des vivants.

Quelques tournants plus loin, Ti risqua un œil par-
dessus le bord et vit des taches de couleur en contre-
bas. Il devina avec horreur qu'il s'agissait de gens
tombés dans le gouffre. Cette route était impraticable par un si grand nombre. Il fallait avancer ou
se voir poussé dans le vide, aussi ne s'arrêtait-on pas,
même lorsque quelqu'un tombait, le déplacement se
poursuivait coûte que coûte malgré les drames.
Autant dire que ce troupeau humain se laissait
conduire à l'abattoir. Ces conclusions heurtèrent le
sens éthique du magistrat.

Il n'avait pas souvenir d'avoir jamais emprunté un
tel défilé pour se rendre à Luoyang et s'en ouvrit à
son secrétaire Jiang. Ce dernier lui confirma que la
route la plus facile était celle de la vallée. Il ne
s'expliquait pas pourquoi la file avait bifurqué vers

ces hauteurs, mais nul ne lui avait demandé son avis au carrefour.

Comment changer cela ? Il ne fallait pas songer à interrompre la progression : il serait impossible de repartir en arrière, les chariots ne pourraient pas se retourner, on perdrait plus de monde dans la manœuvre qu'en continuant d'aller de l'avant. Seule une intervention divine pouvait encore sauver les malheureux destinés à chuter dans le précipice d'ici à la vallée.

Il y eut un nouveau hurlement. Un homme disparut sous les regards effarés d'une centaine de personnes. Le grand dragon humain frémit à peine et reprit la marche silencieuse de ses huit cent mille pattes.

« Comment résoudre ce casse-tête ? » ne cessait de se répéter le juge Ti. S'il était exclu d'orienter le convoi, du moins pouvait-on le faire maigrir. Il enjoignit à ses hommes d'interpeller tous les religieux qu'ils apercevraient, quel que soit leur culte. Il les installa dos à la muraille et leur fit distribuer des bénédictions aux passants. Tout le monde est toujours d'accord pour une bénédiction gratuite, un vœu propitiatoire, une bonne parole offerte par de pieuses personnes. Il fit rédiger à toute vitesse de courtes prières sur des morceaux de papier que les prêtres, les chamanes et les bonzes remettaient à leurs ouailles. Celles-ci se rangèrent naturellement à la suite les unes des autres pour recevoir le cadeau, et la file s'affina.

Quand on n'eut plus de quoi écrire, Ti fit distribuer les perles en bois des chapelets, les cônes d'encens, les plumes des balais d'exorcisme ; avec trois mots en indou, cela faisait l'affaire, seuls comptaient le geste et le décorum. Cent mille personnes patientèrent pour se faire donner une simple bille en bois et repartirent contentes affronter la montagne. Ti finit par distribuer les ustensiles de sa cuisine itinérante. Et quand on n'eut vraiment plus rien, il se borna à toucher les marcheurs à l'épaule en leur souhaitant un bon voyage.

Il se créa un bouchon interminable. L'attente permit aux grimpeurs de souffler. L'agitation s'apaisa, la peur aussi. La largeur du cordon se réduisit. La ligne s'étira. Comme personne ne s'aventurait plus au bord du gouffre, les accidents mortels cessèrent. Bouddha, Lao Tseu, Confucius et la Jolie Fée des Montagnes, divinité locale, avaient changé l'épreuve du col en ascension vers la paix éternelle.

Puis l'on redescendit. Le chemin escarpé était semé d'objets que les voyageurs n'avaient pu ramasser, de peur de provoquer un carambolage ou d'être piétinés. Une fois sur un sol plat, les exilés laissèrent libre cours à leur tristesse, à leur effroi. En tête de convoi s'élevèrent des plaintes et des lamentations. Le trajet avait été beaucoup plus dramatique pour ceux qui cheminaient dans le premier quart, Ti avait préservé le reste. Nul ne pouvait dire combien avaient péri. Trop peu pour satisfaire les appétits des prédateurs qui s'étaient juré leur perte, certainement. L'exercice n'avait été qu'une mise en bouche.

Les deux problèmes qu'il se posait conduisirent Ti à une même solution. Assurer la sécurité des déportés nécessitait qu'il aille repérer les obstacles à l'avance.

– Vous n'allez pas nous abandonner ! s'exclama l'un des princes. Je vous l'interdis !

– Vos Altesses m'accompagneront. Ainsi, nous serons mieux à même de voir l'ennemi approcher.

La difficulté était d'arracher les équipages princiers à cette mélasse humaine. Un grumeau s'en détacha pour progresser lentement vers l'avant de l'interminable serpent qui ondoyait sur la route de Luoyang. Cela n'avançait pas. La seule façon de remonter rapidement était de quitter les palanquins et de partir à pied. Ti prit la tête d'un groupe de nobles qui n'avaient pour ainsi dire jamais posé leur botte dans les ruelles de la capitale. L'apprentissage de la mêlée fut pour eux une découverte, une nouveauté pleine de désagréments. Certains tirèrent de leur manche un éventail dont ils distribuèrent de petits coups aux rustres qui les serraient de trop près ou qui tardaient à s'écarter. Ti espéra qu'ils avaient semé le Scorpion, car cette attitude leur créait bien d'autres ennemis prêts à en découdre.

Petit Trésor rattrapa le cortège au moment même où son père s'en séparait pour aller voir quelles calamités les attendaient. En queue de convoi cheminait un bataillon plus important que celui qui ouvrait la marche : il convenait d'empêcher les plus découragés de déserter. Les soldats donnaient du bâton sur les récalcitrants. On ramassait aussi les éclopés, les malades et ceux qui avaient succombé à l'épuisement. L'impératrice, avec une bonté digne de son statut de Bouddha vivant, avait fait prévoir des chariots pour ceux qui tomberaient en route. Mais le tri entre les vivants et les morts ne se faisait pas dans la douceur et la compassion. Les secours les plus efficaces étaient ceux des services de funérailles gratuites. Celles-ci étaient assurées par une équipe de bonzes qui débitaient des soutras autour de bûchers collectifs, dès qu'on avait un peu d'espace et de bois pour en élever. Il fallait ensuite rappeler les familles éplorées à leurs devoirs de marcheurs, avec une fermeté pas toujours conforme à la grâce de l'Illumination.

Coiffés de beaux casques métalliques à plumets écarlates, les cavaliers du détachement monté chevauchaient des animaux empanachés. C'était très élégant, très décoratif, cela figurait parfaitement la tête du dragon ornée d'une crête et de cornes, ou bien un aréopage de paons vaniteux ouvrant la voie à de sinistres corneilles, selon qu'on éprouvait plus ou moins d'admiration pour les fastes militaires.

Ayant demandé à voir la carte, Ti s'aperçut que le ministère avait choisi de faire franchir aux déportés les passes les plus difficiles d'un bout à l'autre du trajet. Le général Pei appliquait les ordres sans tergiverser. L'un de ses officiers suivait du doigt le trait rouge qu'une main sans pitié avait tracé sur le plan. Pei devait penser qu'on ne le jugerait pas sur le nombre de survivants, mais sur son aptitude à obéir, et il avait raison. Tout corps constitué comprend à peu près autant d'intelligents personnages que d'individus dont la carrière s'appuie sur leur bêtise. Leurs supérieurs avaient trouvé intéressant d'utiliser pour cette mission un représentant de la seconde catégorie ; ce qu'on appelait une baderne.

Ti avait peine à se maintenir à portée de voix. Le général ne lui prêtait aucune attention, l'œil rivé sur un horizon de prairies qu'il serait le dernier à voir intactes.

– J'aimerais discuter avec vous du parcours ! dit Ti.

Pas de réponse. Le mandarin insista.

– Il n'y a rien à discuter, rétorqua Pei.

Agacé, il éperonna sa monture, aussitôt imité par ses lieutenants. Ti vit les panaches s'éloigner dans la plaine, suivis d'une infinité de marcheurs épuisés. La situation était plus grave qu'il ne l'avait cru. Les fleuves, les précipices, les orages, les boues, la famine n'étaient rien, là n'était pas l'obstacle le plus dangereux : il était dans l'imbécillité du général Pei. Le mandat de l'officier stupide l'autorisait à vous jeter dans chacun de ces travers et à vous y maintenir au nom du règlement. Chez un peuple où le sens de l'élan collectif primait tout, c'était une condamnation à mort. Le pouvoir de nuisance des catastrophes naturelles était moindre parce que, n'étant pas en mesure de faire des choix, elles n'en faisaient pas systématiquement de mauvais. Ti regretta de n'être pas né dans une famille de paysans soumis aux pluies, à la sécheresse, aux pénuries, mais préservés des fantaisies du général Pei.

Au soir de sa première randonnée, dame Lin chevauchait son mulet asthénique, précédée de son guide repris de justice et suivie de son intendante armée. Elle était moins fatiguée par la route que contrariée par certains déplaisirs dont elle remâchait la liste en son for intérieur. Le paysage détruit ne valait pas mieux que l'atmosphère de fin du monde qu'elle avait laissée à Chang-an. Tout cela n'aurait rien été si, à plusieurs reprises, des enfants et des paysans ne l'avaient désignée sous le nom de « la vieille à la mule verte ». Ils l'assimilaient au personnage mythologique de la « vieillarde sur une mule verte », à cause d'une couverture dont elle avait recouvert le dos de l'animal pour compenser la dureté de sa selle. Comme son mulet avait une couleur tout à fait ordinaire, elle se demandait si ces gens avaient un problème de vue, si les calamités les faisaient délirer ou s'il fallait y voir la marque d'un humour navrant.

Elle tenait à la main le rouleau offert par la Troisième, cette *Compilation à l'usage des promeneurs du Shanxi* aux descriptions si prometteuses. Ils venaient d'arriver là où l'ouvrage leur recommandait de passer la nuit. Elle relut le passage intéressant.

– « Dans un lacet de la rivière, une charmante auberge de campagne vous attend au bout d'une allée de lilas blancs. »

Elle leva le nez et contempla l'étendue dévastée qui s'offrait à eux.

– Celui qui a écrit cela est un ivrogne. Ces récits de voyage racontent vraiment n'importe quoi. Il faut mettre l'auteur dans une petite cage.

Réfractaire Du posa le pied sur quelque chose de dur. C'était la plaque de l'auberge en question qui gisait dans la poussière.

– C'est juste une question de mise à jour, répondit-il à sa patronne.

Ils s'installèrent comme ils purent au milieu des décombres. L'intendante et le réfractaire montrèrent leur utilité, chacun à sa façon. Le couteau à portée de main, l'une parvint à préparer un repas tout en gardant un œil sur l'autre qui entassait du bois et balayait le sol à l'aide de branchages.

Dame Lin parcourut la compilation à la lumière du feu de camp. Elle se demanda si elle aurait la chance de voir le « beau jardin exposé à l'ouest avec ses trois cents sortes de pivoines », l'« étang aux lotus » et la « délicate pagode du Héron-Chantant d'où le point de vue sur les pommiers était admirable ». Il fallait sûrement rabattre de ses espérances.

Comme elle s'enquérait des raisons qui avaient poussé Du à refuser l'appel à l'effort patriotique lancé par le gouvernement, il lui expliqua que, s'étant remarié à deux femmes chargées d'enfants, sa famille portait d'autres noms que le sien. Puisqu'ils avaient la chance de pouvoir rester dans la capitale, il avait voulu y rester avec elles. À quoi bon fuir la famine de Chang-an si c'était pour mourir de solitude à Luoyang ? Il se mit à sangloter à la pensée de son bonheur perdu.

Si le récit sembla intéresser dame Lin, l'intendante suivit d'un mauvais œil ces épanchements ; les voyages créaient une promiscuité inconvenante.

– Ne pleure pas, réfractaire Du, dit madame Première.

Elle eut la bonté de le réconforter : à l'issue de sa mission, elle lui obtiendrait l'autorisation de retourner vivre à Chang-an. Réfractaire Du s'accroupit et frappa du front le sol pour remercier sa bienfaitrice. Sa tête fit trois fois « dong » en heurtant l'enseigne de l'auberge qui leur servait de plancher. Dame Lin se demanda si elle n'avait pas un peu sous-estimé les difficultés qui l'attendaient au fil de ce petit voyage.

XII

Une vieille chouette cause un encombrement de circulation ; un assassin surprend madame Première dans un mauvais moment.

Après avoir avancé péniblement sur un chemin escarpé, Petit Trésor était restée bloquée pendant des heures. Le bruit courait qu'ils avaient tous droit à la bénédiction d'un vieux sage. Quand vint son tour d'approcher du vieux sage, elle découvrit qu'il s'agissait de son père. Elle enroula en hâte un chiffon autour de sa tête, comme si elle avait craint de laisser le soleil gâter son teint. Son visage si bien couvert, elle dut prendre garde à ne pas poser le pied dans le vide. Arrivée à hauteur de bénédiction, elle regarda avec ahurissement les gens s'incliner l'un après l'autre devant papa comme si l'un des Immortels du Tao s'était matérialisé sur cette montagne. Entouré de prêtres de toutes les religions, il saluait, encourageait et offrait de petits cadeaux.

Mlle Ti ne pouvait ni reculer, ni s'écarter, il n'y avait de passage que pour une seule personne. Elle fut poussée plus qu'elle n'avança. Ti appelait chacun par le nom de son clan, sans autre formalité. « Je vous souhaite un bon voyage, Mlle Tseng », lui dit-il, puisqu'elle marchait avec les Tseng. Et il lui sourit sans la voir, l'esprit déjà tourné vers la personne suivante. Normalement, son interlocuteur s'inclinait aussi bas que possible, en dépit des bagages, et bredouillait une formule de politesse. Elle ne cessa pas de le dévisager durant ces trois secondes qui lui parurent assez longues pour permettre à quelqu'un de vider la mer avec une cuiller.

Un instant plus tard, elle était de l'autre côté, là où le convoi se poursuivait sur une seule ligne. Elle avait reçu de son père une bille de bois au vernis craquelé. Il n'était certes pas préparé à voir sa cadette en costume populaire, cheminer à flanc de coteau parmi des milliers d'inconnus, alors qu'il la croyait en ville, dans le confortable pavillon rouge où elle était censée préparer ses noces en compagnie des épouses. Elle s'en félicita, leurs retrouvailles prématurées auraient compromis sa quête du danseur de sabre. Elle n'avait pas encore imaginé le moyen de faire accepter cette union à ses parents. L'idéal aurait été de le leur faire voir par ses yeux à elle. Il n'y avait à cela rien d'impossible, puisqu'elle avait raison et eux tort.

La tête du dragon atteignit la rivière au lieu-dit du Bois-de-la-Vieille-Chouette, selon les indications du plan fourni par le ministère. Le courant était puissant. « Oui, bien sûr, se dit le juge. On n'allait pas choisir une boucle où la rivière aurait été plus calme. » Gonflées par la fonte des neiges, les eaux limoneuses de printemps charriaient des branches d'arbres. C'était tout à fait le genre d'endroit propice à la noyade de quatre cent mille citadins harassés.

– Heureusement qu'il y a un pont, noble juge ! se réjouit le secrétaire Jiang en désignant l'agencement sur leur droite.

De fins pilots longs d'environ dix mètres soutenaient une passerelle rigide, étroite et de frêle apparence. L'ouvrage évoquait l'antre aux merveilles où les monstrueux *chimei* attiraient les égarés pour se repaître de leur souffle vital. Bien sûr, pas un bateau en vue pour sauver un pauvre juge d'une situation précaire. Tout être raisonnable aurait dirigé le convoi vers un port de pêcheurs doté d'un appontement avec des bacs. Tout être malfaisant aurait conçu un plan démoniaque pour causer du tracas au magistrat en charge de la sécurité. Les éclaireurs de Ma Jong repérèrent à peu de distance un gué malcommode et humide. Lequel de ces deux moyens choisir ?

– Les deux, noble juge ? suggéra le secrétaire Jiang.

– Dans l'éventualité d'un piège, nous perdrions d'un côté ou de l'autre. Il faut adopter une stratégie. Demandons à un spécialiste.

Il posa la question au général Pei. Sans daigner répondre, le militaire dirigea sa monture vers le pont et battit les flancs de l'animal pour l'obliger à s'y engager, ses cavaliers à sa suite.

Parvenu à son tour à cet assemblage de planches et de troncs, Ti fit volte-face, saisit les rênes d'un bœuf et fit pivoter un chariot de manière à le placer en travers du chemin. La population qui s'apprêtait à emboîter le pas du général fut forcée de s'arrêter. Ce dernier était au milieu de l'ouvrage quand il se rendit compte qu'il n'était suivi que de ses officiers. Il tempêta. On ne comprenait pas bien ce qu'il disait, mais on devina qu'il admonestait le peuple et menaçait le juge en bonnet noir assis sur le chariot. Tiraillés entre ces deux autorités, certains voyageurs, qui ne souhaitaient pas perdre la protection de l'armée, poussèrent l'attelage de côté. Au moment où ils s'apprêtaient à traverser, un craquement affreux retentit. Le pont s'arquait comme un paquet de nouilles dans l'eau bouillante. Les cavaliers voulurent lancer leurs chevaux vers les berges, ils se gênèrent les uns les autres et restèrent coincés sur les montants de bois en train de se disloquer. L'édifice s'affaissa lentement, puis s'abattit dans les flots avec un son retentissant où se mêlaient des hurlements. Animaux et militaires furent emportés par le courant et ballottés avec les poutres qui les assommaient, les cisaillaient, les embrochaient. On en récupéra à grand-peine quelques-uns dans le torrent. Le général fut retrouvé accroché à un moellon qui s'était pris dans les roseaux. Il était couvert de bleus, d'écorchures, crachait de l'eau et ne tenait pas debout.

– Faites appeler un médecin ! cria quelqu'un.

– Ou un bonze pour la prière des morts, suggéra Ti.

Jamais il n'aurait cru être un jour soulagé d'avoir vu céder un pont. La bêtise de Pei avait en fin de compte sauvé des vies. Le vérificateur des décès se pencha sur le noyé. Celui-ci bredouillait des propos incohérents entrecoupés de menace, contre un certain mandarin.

– Il délire, dit le médecin.

– Ce n'est pas nouveau, dit Ti.

– Mais, là, il a reçu un coup sur la tête.

Pei allait devoir rester au repos le temps de recouvrer sa santé physique et mentale. Ti mit en garde le médecin contre un espoir irraisonné.

L'état du général les soulageait au moins d'un de leurs tracas. Ti organisa le franchissement de la rivière par le gué situé à trois jets de pierre de là. Tandis qu'il supervisait les opérations avec l'aide de Ma Jong, son secrétaire s'en fut examiner ce qu'il restait du pont. Jiang emprunta la minuscule barque plate d'un pêcheur aux cormorans. Les pilots brisés portaient les traces de coups de hache, le sabotage était patent.

Alors qu'il arrangeait la traversée des princes, Ti avisa un palanquin immobilisé au milieu du gué. Quand il fit signe aux porteurs d'avancer, ceux-ci se retournèrent et se mirent à trotter d'un bon pas en sens inverse, renversant plusieurs voyageurs sur leur passage. Revenus sur la rive, ils prirent la direction du Bois-de-la-Vieille-Chouette. Les arbres et la lumière déclinante dérobèrent bientôt les fuyards à la vue du magistrat. Il supposa qu'un des Li, pris de panique, avait préféré fausser compagnie au reste de la famille et s'enfuir dans ce qu'il pensait être les meilleures conditions, bien au chaud sur ses coussins. Le juge reconnut là l'un des *Trente-six stratagèmes* : quand la situation est perdue, profiter d'un moment où l'ennemi est accaparé par d'autres problèmes et se replier. Restait à savoir si Son Altesse ne s'était pas trompée d'adversaire. Ti ne s'appesantit pas sur cette défection, il importait de repêcher les malheureux que cette détestable manœuvre avait jetés dans le lit de la rivière.

Petit Trésor était en train de franchir le gué avec d'autres Tseng quand un palanquin fonça sur elle dans le mauvais sens. Elle tâcha de s'écarter pour ne pas être renversée, mais s'affala dans l'eau et fut aussitôt submergée et entraînée par le courant. La natation ne figurant pas au nombre des enseignements prodigués aux demoiselles de la bonne société, elle flottait comme une théière en bronze. Elle venait de disparaître sous la surface lorsqu'une main la saisit par un bras et la tira vers le haut.

Ce ne fut qu'une fois étendue sur la berge boueuse et après avoir craché un liquide froid et sale qu'elle découvrit les traits de son bienfaiteur. Le beau visage de Tigre Volant était penché sur elle, il la considérait avec inquiétude. Le jeune homme l'avait sauvée de la noyade, sa main avait été guidée par la providence, il était fait pour être son mari, cela se confirmait. Leurs noms brillaient côte à côte au firmament du bonheur conjugal. Dès qu'elle se sentit tirée d'affaire, sur cette rive où ils étaient seuls et mouillés, elle abandonna toute pudeur et l'enlaça pour un baiser dans lequel la chasteté pesait moins lourd que la gratitude.

D'abord surpris, le danseur répondit à sa fougue. Petit Trésor eut très chaud. Le froid ne lui revint qu'après qu'elle eut séparé ses lèvres de celles de son amant et qu'il lui demanda poliment comment elle se nommait.

Dame Lin avait été peu ravie d'emprunter le chemin de montagne par lequel son mari avait cru bon de les faire passer – pouvait-elle douter qu'il fût à la tête de ce convoi comme il l'avait été de ses tribunaux ou de toute chose placée à sa portée ? Certes, elle était passée bien après la foule, mais elle avait dû enjamber des cailloux et des déjections de tout ordre sur une distance de quinze lis. Au moins, la « vue splendide sur un paysage digne de nos plus beaux poèmes classiques » vantée par la *Compilation à l'usage des promeneurs du Shanxi* était bien au rendez-vous, pour une fois. Lin Erma avait pris une ou deux fois le temps de s'arrêter pour admirer un panorama d'arbres penchés sur la roche. Dans le ciel passaient des vols d'oiseaux charognards aux ailes déployées, c'était magnifique. Elle espérait que les voyageurs qui avaient la chance d'être guidés par un homme au goût aussi délicat que Ti Jen-tsié prenaient toute la mesure de leur bonheur.

Le soleil rejoignait l'horizon. Ils se hâtèrent en direction du pont de la Vieille-Chouette indiqué par son précieux rouleau. C'était, selon la *Compilation*, « un ouvrage d'art très représentatif de l'architecture du Shanxi, période des Trois Royaumes ». Il n'en restait qu'un enchevêtrement de poutres inégales qui se dressaient dans le vide. Dame Lin fit la moue. Les installations publiques de la région étaient décidément mal entretenues.

Réfractaire Du, qui avait des yeux de chat, lui indiqua un gué pas très éloigné où des gens finissaient de traverser. Il estima qu'ils pourraient s'y risquer dès qu'on y verrait plus clair. En revanche, toute tentative pour le franchir dans la pénombre aurait été du suicide, même avec des torches.

– La présence de ce gué ne m'étonne guère, dit dame Lin. Mon mari a toujours un plan B. Il en avait un, aussi, pour notre mariage. Il a même installé chez nous le plan C.

Cela lui rappela qu'elle devait mettre la main sur la fille du plan C, qui vagabondait sûrement quelque part dans le campement dont elle apercevait les feux sur l'autre rive. Comme il faisait presque nuit, elle accepta de bivouaquer là où ils étaient. Une futaie toute proche leur fournirait un abri et du combustible. Ils allumèrent une lanterne et se hâtèrent de ce côté.

Une heure plus tard, après avoir avalé un dîner frugal, madame Première laissa ses gens préparer leurs nattes et s'isola pour obéir à un besoin naturel dont même les nobles épouses de grands magistrats n'étaient pas exemptes. Dans un moment où elle aurait aimé profiter d'un peu de tranquillité, elle fut dérangée par un bruit de course accompagné d'appels. Toujours accroupie, elle vit passer un palanquin très orné dont les porteurs avançaient à un rythme impossible à tenir très longtemps. Ils finirent par déposer leur fardeau au milieu de la clairière, se libérèrent de leurs harnais et s'enfuirent comme si Tête de Cheval et Visage de Buffle, les gardiens des Enfers, avaient été à leurs trousses.

Après quelques instants pendant lesquels rien ne bougea, un homme paré de beaux atours risqua un œil par l'échancrure du rideau qui fermait l'habitacle. S'étant décidé, il se rua dehors et courut vers les arbres. Sous les premières frondaisons, il tomba nez à nez avec dame Lin, de moins en moins enchantée de l'aventure. De manière inattendue, l'inconnu poussa un cri d'effroi, rebroussa chemin et traversa de nouveau la clairière en sens inverse. Bien qu'elle ne se soit jamais fait grande illusion sur ses charmes, dame Lin n'était tout de même pas habituée à voir les hommes s'épouvanter à sa vue.

L'ahuri poussa un second cri et s'abattit face contre terre. Madame Première se plaqua contre le tronc le plus proche : une silhouette découpée par la lune approchait du malheureux. L'ombre se pencha et ramassa un objet luisant qu'elle essuya sur le brocart de l'homme allongé avant de le replacer à sa ceinture. Dame Lin comprit que l'assassin venait de récupérer son poignard entre les omoplates de sa victime. Des brindilles craquèrent sous ses pieds. L'assassin tourna la tête de son côté, scruta l'obscurité, se mit en marche dans sa direction.

– Dame Lin ? Où êtes-vous ? *Ti Jen-tsié sao*[1] ? firent deux voix qui se rapprochaient.

L'intendante et le réfractaire parurent à l'orée de la clairière. Quand madame Première regarda à nouveau, l'ombre menaçante s'était évaporée.

– Par ici, articula-t-elle tout bas sans quitter le tronc dont l'appui l'empêchait de tomber, car ses jambes ne la portaient plus.

Les deux autres l'aidèrent à faire quelques pas et la firent asseoir sur l'un des bras de ce palanquin étrangement abandonné là. Elle les remercia d'avoir mis en fuite un bandit qui sans doute n'aurait pas hésité à lui faire un mauvais sort, bien en vain, d'ailleurs, car elle n'avait pas vu à quoi il ressemblait et aurait été incapable de le reconnaître.

Alerté par le tintamarre, Du serait venu plus vite à son secours si l'intendante ne lui était tombée sur le poil, convaincue qu'il avait organisé un traquenard pour attenter aux jours de sa patronne.

Dame Lin ordonna à sa domestique de ne plus perdre son temps à surveiller le réfractaire : elle devait pouvoir compter sur l'aide de tous ceux qu'elle avait autour d'elle, c'était pour cela qu'elle les avait emmenés.

L'assassiné n'était pas tout à fait mort, il émettait une sorte de gargouillis de mauvais augure. On le

---

1. « La femme de Ti Jen-tsié ».

retourna. Une fois sur le dos, il leva une main et désigna l'homme penché sur lui.

– Je le savais ! déclara l'intendante, prête à se jeter sur Du, sa lame en avant.

Madame Première l'arrêta d'un geste. Elle prit entre ses doigts l'amulette de Guanyin la Miséricordieuse qui pendait au cou de son guide et la présenta au moribond, qui hocha la tête. Elle comprit enfin pourquoi il s'était éloigné d'elle avec effroi.

– Connaissez-vous celle qui vous a attaqué ? demanda-t-elle.

Le mourant fit signe que oui. Il voulut parler, mais cet ultime effort était déjà trop pour lui et ce fut son dernier souffle qui s'échappa de ses lèvres desséchées.

Comme ils le déposaient à l'intérieur de son palanquin, son apparence soignée, ses vêtements colorés et brodés suggérèrent qu'il s'agissait d'un personnage de haute naissance et de grande fortune. Son luxueux véhicule indiquait lui aussi un rang élevé. Un coffret encombrait la couche. L'intendante l'en retira et vit le blason de la dynastie abolie briller sous la lune. Elle le lâcha comme s'il lui brûlait les doigts. Cet homme assassiné comme le dernier des gueux sur un chemin forestier était un Tang.

Dame Lin en fut affectée, elle aussi. Elle qui avait espéré survivre à cette équipée ! Même les princes du sang se faisaient estourbir au coin d'un bois ! Elle aurait deux mots à dire à son mari sur sa façon de faire régner l'ordre en Chine.

XIII

Le juge Ti applique à un blessé un remède de son cru ; il sauve des vies grâce à un jeu de devinettes.

Tandis qu'on s'étripait sur la rive droite, un vaste campement avait été installé sur la rive gauche. Ti avait organisé un conciliabule sous sa tente, à l'abri des regards indiscrets. Momentanément débarrassé du général, il étudiait la carte avec ceux qui connaissaient la région : le secrétaire Jiang avait envoyé les sbires de Ma Jong faire les crieurs d'un bout à l'autre du bivouac pour réunir un collège de conseillers. Il s'agissait de définir le parcours pour la journée à venir, en tâchant d'éviter les endroits périlleux et de déterminer quelle la route était la plus sûre pour un si grand nombre de marcheurs.

À l'aube, au moment de partir, un aide de camp essoufflé informa le mandarin que Pei se sentait mieux et qu'il recommençait à faire des siennes :

— Le général a repris des forces ! Il exige de vous voir séance tenante !

La mine contrite du militaire indiquait qu'on lui avait sonné de la trompe dans les oreilles. Son chef ne devait pas être d'humeur rieuse. Ti répondit qu'il viendrait volontiers prendre des nouvelles du héros du pont de la Vieille-Chouette.

Il se présenta à l'entrée d'une tente ornée d'oriflammes rouge sang. À l'intérieur, le rescapé n'avait pas seulement repris des forces, il fulminait, la figure cramoisie.

– Peut-être Votre Seigneurie ne devrait-elle pas s'agiter ainsi ? suggéra Ti. Elle me paraît encore très secouée par son valeureux effort d'hier soir.

Pour toute réponse, le général souffla violemment pour s'insérer dans sa tunique et admonesta ses esclaves avec une brusquerie qui fit supposer à Ti qu'il était le véritable motif de cette colère. À voix basse, le mandarin annonça au héros qu'il avait des faits importants à lui révéler. C'était le code habituel pour signaler que ses propos ne devaient pas être ébruités. Pei ordonna d'une voix rogue à son personnel de déguerpir.

Une fois seuls, Ti lui demanda poliment comment il se portait, bien que la réponse fût évidente. L'officier tâchait de s'habiller tout seul avec des gestes nerveux.

– J'ai appris que vous aviez eu l'impudence de modifier le trajet prévu par la cour ! C'est une insubordination ! Je ferai un rapport ! Je reprends immédiatement le contrôle des opérations !

– Vous avez parfaitement raison, veuillez m'excuser d'avoir outrepassé mes prérogatives, dit Ti en choisissant des yeux un objet lourd, tandis que le général tirait sur les pans de sa robe de dessus qu'il avait passée à l'envers.

Comme l'officier se baissait pour ramasser sa ceinture qui gisait sur le sol, Ti lui asséna sur le bonnet un grand coup de brûle-parfum en bronze. Le général s'affala sur le tapis comme un cochon dans son purin.

À la sortie de la tente aux étendards flamboyants, Ti avisa des serviteurs apeurés qui attendaient les ordres.

– Je crains que votre maître n'ait fait une rechute. N'hésitez pas à me tenir informé de son état, je reviendrai le voir aussi souvent qu'il le faudra.

Il laissa les domestiques secourir le malade et s'éloigna d'un pas tranquille.

Petit Trésor avait passé une nuit de rêve avec son danseur de sabre. Ils s'étaient réfugiés au milieu de la troupe des gymnastes militaires. Vêtue en fille du peuple, décoiffée, les habits boueux, elle n'avait pas trop attiré l'attention. Ils avaient trouvé là de quoi se sécher, se restaurer et dormir au chaud, ce qui était un bienfait au milieu de l'inconfort universel. Seul le manque d'intimité tranchait avec la nuit de noces qu'elle appelait de ses vœux. Il leur avait même été impossible d'avoir une discussion approfondie sur des sujets qui importaient à un duo d'amoureux, tels que « Vous ai-je manqué ? », « Comment avez-vous survécu sans moi ? » ou « J'ai l'impression que vous ne vous rappelez pas mon nom ».

Cette amnésie momentanée aurait pu mettre en danger leur relation si Petit Trésor, dans sa clair-voyance, ne l'avait mise au compte de la surprise et de l'agitation. Une fois qu'elle eut rappelé à Tigre Volant les circonstances de leur coup de foudre, les billets échangés et l'intensité de leurs sentiments, leur couple put repartir sur des bases aussi saines que précédemment.

Aussi fut-elle assez surprise, au matin, de se réveiller seule, enroulée dans la couverture qu'ils avaient partagée. Au terme d'une attente de plus en plus fébrile, elle dut se rendre à l'évidence : il avait encore disparu. Ce cortège interminable était une source de contrariétés sans fin : on y perdait ses affaires, sa vertu, et même son fiancé. Heureusement, on y conservait ses illusions.

Dame Lin avait passé une fort mauvaise nuit, serrée contre son intendante qui ronflait et veillée par son réfractaire, sur qui elle avait du mal à se reposer complètement. Elle savait désormais qu'un assassin rôdait autour du convoi comme un fauve à l'affût d'une chèvre égarée. Son mari était-il au fait de ce détail ? Elle se promit de lui en toucher un mot dès qu'elle le verrait. Elle ne devait pas se laisser détourner du seul objectif véritablement important : récupérer l'évadée, sauver le mariage Ding et les agréments qui y étaient attachés.

Quand le trio se dirigea vers le gué, les dames remarquèrent que le paquetage de réfractaire Du faisait « cling cling ». Il avait dû profiter de son tour de garde pour aller se servir dans les affaires du prince défunt.

– Vous êtes un voleur, lui dit l'intendante, tout bas, dans le dos de sa patronne.

– Il faut bien survivre, chuchota l'opportuniste.

Sur un ton détaché, sans daigner se retourner, dame Lin rappela la peine encourue par les pillards qui s'attaquaient aux nobles, vivants ou morts :

– J'espère qu'aucun passant n'aura la mauvaise idée de puiser dans les propriétés du seigneur Li. Nul n'ignore, je pense, que les personnes trouvées en possession de biens princiers sont passibles de la servitude à vie dans les mines de sel.

Le labeur dans les mines de sel rendait cette condamnation à vie très courte. Réfractaire Du pâlit. Il déclara devoir s'isoler un moment et passa derrière un arbre. À son retour, le sac ne produisait plus aucun son. On supposa qu'il avait fait le tri dans les objets ornés du glorieux emblème des Tang.

Ti adopta un moyen de locomotion qui lui permettait de rester en communication avec le collège de guides qu'il s'était adjoint. Assis sur une charrette de maraîcher qui n'avait rien d'un palanquin impérial, il était suivi des Li encore présents, qui avançaient en rangs serrés. Pour passer le temps, il écoutait Ma Jong et son secrétaire jouer aux devinettes, un loisir dont les marcheurs étaient coutumiers.

– Tiens, j'en ai une pour vous, dit Ti. Des voyageurs arrivent à un embranchement. Doivent-ils prendre à gauche ou à droite ?

– Il nous faudrait davantage d'indices, noble juge, répondit Jiang.

– À moi aussi, dit le mandarin.

Le carrefour était devant eux. Leur convoi atteignait la croisée des chemins. L'examen de la carte n'avait pas permis de trancher entre les deux routes possibles. Le problème d'avoir vingt conseillers, c'était que l'on obtenait vingt avis différents. Untel prédisait un glissement de terrain en montagne, un autre mettait en garde contre les enlisements en plaine, chacun s'arcboutait sur son opinion et rien n'en ressortait.

Ils avisèrent un marchand de kumquats assis sur une pierre et résolurent de lui demander quelle était la route la plus sûre. Lorsqu'il comprit qu'on allait s'adresser à lui, l'humble paysan se jeta à genoux et posa le front sur la terre meuble. Ma Jong lui ordonna de les orienter. L'homme commença par renâcler.

– Comment, moi, pauvre illettré, oserais-je donner un conseil à Vos Seigneuries ?

Quand on eut insisté, le pauvre illettré rendit un avis très catégorique.

– Vos Seigneuries doivent prendre la route de droite. Celle de gauche les mènera à un rétrécissement impraticable où la moitié de vos gens périront étouffés les uns contre les autres.

Ti hésita. Leur choix engageait trop de vies pour se décider à la légère. Comment savoir si celui qui les conseillait était de bonne foi ? Il se tourna vers ses ministres improvisés.

– Qu'en pensez-vous, vous ?

Ses assistants volontaires répondirent que Son Excellence possédait la science infuse et que tout choix de sa part serait judicieux. Ti poussa un soupir. On se serait cru au gouvernement. Faites entrer n'importe qui chez les puissants, il n'aura plus en tête que la préservation de ses propres intérêts.

Ma Jong se montrait soupçonneux. La présence providentielle de ce vendeur de fruits, seul au bord de la route, l'incitait à la méfiance. Comment espérait-il vendre ses kumquats au milieu de nulle part, les fesses posées sur une pierre ? Il avait davantage l'air d'attendre un convoi d'exilés à moitié perdus qu'un improbable chaland.

– Si Votre Excellence veut bien m'autoriser à le secouer, je devrais être en mesure de presser la vérité hors du kumquat.

Ti rechignait à laisser torturer un homme qui était peut-être sans malice. Par ailleurs, qui leur garantissait qu'il ne changerait pas d'avis pour mettre fin aux sévices, ce qui les conduirait à prendre une décision funeste ? Mieux valait faire assaut de douceur et de réflexion. Ces voyages nécessitaient décidément d'utiliser sa tête autant que ses pieds.

Il ordonna à ses conseillers en géographie locale de se concerter afin de lui fournir un seul avis. Après qu'ils eurent fini leur conciliabule, Ti fit mine de recueillir leur opinion.

– Tu nous conseilles de prendre la route de droite, dit-il au marchand. Pourtant, mes amis, qui connaissent la région, optent pour celle de gauche. Comment expliques-tu cela ?

– Ils font erreur, noble juge, répondit le marchand.

– Comment peux-tu prétendre avoir raison contre une vingtaine de gens avertis ?

– Votre Excellence ne doit pas se laisser abuser par de vils flatteurs.

Un brouhaha autour du magistrat témoigna de l'animosité des vils flatteurs.

– Pourquoi te ferais-je confiance à toi plutôt qu'à ceux-ci qui ont juré de me servir ?

– Sûrement, le chef de la police métropolitaine est habitué à discerner qui lui parle avec franchise, insista le marchand.

– Comment sais-tu que je suis le chef de la police ?

– Qui ne connaît pas Ti Jen-tsié ? Votre Excellence est célèbre dans toute la contrée !

Ti était bien placé pour savoir qu'on ne le reconnaissait pas à trois pâtés de maisons de chez lui.

Derrière eux, le reste du convoi s'impatientait. Les marcheurs continuaient d'arriver, la foule grossissait, le terrain se prêtait peu à ces rassemblements, on se prenait les pieds dans la végétation, on ne savait plus où se mettre, la queue de convoi emboutissait le milieu et les deux ensemble menaçaient de culbuter l'avant. Il fallait prendre un parti. Ti se tourna vers son aréopage. Les regards vagues qui l'environnaient ne lui étaient d'aucune utilité. La seule chose qui brillait, chez eux, c'était la plaque de cuivre pendu au cou du secrétaire Jiang, à l'emblème du bureau des Cartes. Ti décida de jouer son va-tout sur une ultime question.

– Aide-moi à résoudre un dilemme, brave homme, dit-il au marchand de kumquats, tu me sembles raisonnable. J'ai là mon secrétaire qui me recommande de suivre ton conseil, mais j'ai aussi mon lieutenant fidèle – il désigna Ma Jong –, qui voudrait me voir faire l'inverse. Pourquoi écouterais-je l'un plutôt que l'autre ?

Le marchand considéra un instant les deux adjoints.

– Le seigneur juge doit écouter ce que dit son secrétaire. Un éminent lettré du bureau des Cartes ne saurait être délaissé au profit d'un simple sbire.

Ti sourit et se tourna vers Ma Jong.

– Arrête-le, ficèle-le, jette-le dans un chariot, je l'interrogerai ce soir.

Le marchand protesta qu'on lui faisait tort, car il avait dit la vérité.

– Bien sûr, c'est même cela que je te reproche, dit Ti. Comment un simple marchand de fruits illettré a-t-il pu déchiffrer la mention du bureau des Cartes sur la plaque d'un mandarin ?

XIV

Un chassé-croisé a lieu sur un monceau de bagages ; le juge Ti vide une querelle entre un roi et une rizière.

Petit Trésor devait à nouveau retrouver son soupirant. Ces fiançailles étaient épuisantes. Elle était amoureuse d'une anguille. Sans doute avait-il eu la bonne pensée d'aller lui chercher quelque friandise pour sa collation matinale et s'était-il perdu dans la mélasse de cette foule odieuse. Les membres de la troupe de danse avaient paru fort ennuyés quand elle leur avait demandé à plusieurs reprises s'il avait un bon sens de l'orientation ; il est certes fâcheux de voir un mauvais sort contrarier sans cesse un ami qui a enfin trouvé l'amour. Ainsi en allait-il des cadeaux du Ciel : de même que la providence vous venait en aide dans le malheur, elle vous ôtait une part de votre bonheur à la première occasion ; il fallait bien que le yin et le yang s'équilibrent. Tous les déboires qu'elle connaissait depuis sa rencontre avec Tigre Volant préservaient l'harmonie menacée par une félicité qui, sans cela, aurait été une incongruité dans le monde.

Sans nouvelle de son amant, elle tenta de rallier le clan des Tseng, mais, par la méprise d'une vieille femme un peu sourde, elle s'égara du côté des

Tcheng, où ne se trouvait nul danseur de sabre au physique avantageux. Elle chemina un moment, perdue parmi eux. Alors qu'elle longeait un chargement de bagages tracté par une ribambelle de Tcheng, elle eut l'horrible surprise d'apercevoir à quelques pas la Première de son père. Dame Lin était moins apprêtée et ses vêtements plus froissés qu'à Chang-an, mais Petit Trésor n'aurait confondu cette silhouette avec nulle autre dans tout l'empire. La jeune femme était coincée entre les tireurs et le gros chariot bâché, la fuite était impossible. Sans hésiter, elle s'engouffra à l'intérieur du véhicule – elle serait entrée dans la tanière d'un ours pour échapper à sa belle-mère. Il s'y trouvait déjà un couple qu'elle dérangeait dans des activités qui ne tolèrent généralement pas de témoin. Elle ignora les invectives dont l'abreuvaient les inconnus couchés sur les paquets, glissa un œil par l'échancrure de la toile et faillit recevoir sur le nez un pied chaussé d'une bottine de prix. Elle vit passer les jambes de sa belle-mère, qui se démenait pour grimper sur le chariot. Elle en crut à peine ses yeux. Jamais elle n'aurait imaginé dame Lin capable de telles acrobaties, à un âge qui devait avoisiner les cent ans. Elle mesura à l'aune de cet effort l'ampleur de la punition qui l'attendait si elle était reprise.

Elle en était là de ses réflexions quand une brusque bourrade contre son postérieur la propulsa dehors : ses compagnons de voyage avaient profité de son trouble pour l'expulser. Puisque dame Lin jouait les éperviers au sommet du chargement, elle s'efforça de se rendre invisible en se pliant en deux, ce qui ne facilitait pas sa progression. Elle manqua de se heurter à l'intendante de leur maison, une créature maléfique qui était l'accompagnatrice idéale de sa belle-mère. Il y avait près d'elle un bonhomme à la figure patibulaire, à l'air faux et aux épaules carrées dont elle ne souhaita pas faire la connaissance.

Ballottée par une foule qui ne paraissait avoir d'autre raison d'être que de la contrarier à tout moment, elle atterrit précisément dans les bras du gaillard de mauvaise mine. La peur la tétanisa, elle lâcha son maigre baluchon. La brute s'excusa de l'avoir bousculée, lui rendit son bagage et se retourna pour répondre à l'appel de dame Lin, si bien que sa large carrure fit écran entre elles deux. Petit Trésor en profita pour s'éloigner à toutes jambes. Hélas, une telle affluence ne permettait guère d'aller où l'on voulait. L'agglutination stupide des Tcheng la ramena pour ainsi dire aux pieds de dame Lin, qui n'aurait eu qu'à baisser les yeux pour l'apercevoir. Tandis que celle-ci scrutait au loin le paysage, la main en visière, Petit Trésor tâcha de dissimuler ses traits derrière son ballot, qu'elle posa sur son épaule. Alors que tout semblait perdu, quelqu'un lui recouvrit la tête d'un foulard, la tira en arrière et l'extirpa du flot des Tcheng grâce à une technique de déplacement très proche de celle du serpent sinuant entre les pierres.

Le bodhisattva miséricordieux qui l'avait prise en pitié était une cuisinière dont les vêtements répandaient une odeur d'oignons frits.

– Je ne sais pas qui tu fuis, mais tu es ici en sûreté, lui dit sa bienfaitrice.

Cette femme n'était pas à son avantage. Ses cheveux étaient gras du fourneau sur lequel elle se penchait matin et soir, ses frusques étaient sales, elle sentait l'huile et avait les traits fatigués. Elle s'appelait Maman Ping et Petit Trésor découvrit dans son sourire toute la bonté du monde.

Dame Lin tenait à récupérer au plus vite la fugitive. Plus tôt ce serait fait, moins elle aurait à subir la promiscuité d'un voyage qui n'avait rien des jolies excursions décrites dans la *Compilation à l'usage des promeneurs du Shanxi.* Un chargement de vieilleries lui barrait la vue. Cela lui donna une idée. Autant se hisser jusqu'à son faîte pour dominer le convoi, elle multiplierait par mille son angle de vision. On ne pouvait y envoyer réfractaire Du, il ne connaissait pas la péronnelle. Quant à l'intendante, elle était souple comme un vieux bambou desséché. Dame Lin décida de se faire aider par tous ces Tcheng qui encombraient le terrain.

– Je suis la noble épouse d'un important magistrat, aidez-moi à monter là-haut !

Sans s'interroger sur la nécessité qui forçait les nobles épouses d'importants magistrats à monter par-dessus les bagages, on l'aida à accomplir cet exploit sans trop compromettre sa pudeur ni sa dignité. Le noble arrière-train fut poussé à plusieurs mains sur la carcasse du chariot. Dame Lin n'aurait pas cru débuter une existence d'écureuil à un âge où l'on pense plutôt à langer ses petits-enfants.

Parvenue en haut, elle avisa le char de commandement orné des oriflammes impériales. C'était là, sûrement, que s'était installé son auguste mari pour orienter cette populace : il ne devait pas y avoir d'installation plus confortable ni plus digne pour le fessier d'un grand mandarin qui n'était pas de la première jeunesse. Il était temps d'aller lui annoncer la disparition de leur cadette et de réclamer l'assistance de quelques bons soldats qui écumeraient ce cortège inextricable.

Une fois redescendue au risque de se briser les deux jambes, elle ordonna au réfractaire de lui frayer un chemin jusqu'aux étendards. Cela leur prit environ une heure. Le véhicule était gardé par deux cavaliers empanachés.

– Je suis sa femme ! déclara-t-elle avec autorité.

On la laissa passer, bien que l'on sût pertinemment qu'elle n'était pas l'une des quatre compagnes officielles du général Pei. Ce n'était pas la première fois qu'il faisait venir auprès de lui des « épouses d'un soir », aussi supposa-t-on qu'il avait réclamé un genre de baume que seule une professionnelle était susceptible de lui prodiguer. Elle n'était pas de la plus resplendissante fraîcheur, mais, comme disait le dicton, « en voyage, la résignation vous profite toujours mieux que la privation ».

À l'intérieur de la couche ambulante, dame Lin trouva une baderne galonnée et enturbannée qui se plaignait d'un mal de crâne.

– Qu'est-ce que vous faites là ? s'écria le malade. Fichez-moi le camp ! C'est bien le moment de m'envoyer des « serveuses de riz[1] » !

Elle protesta qu'elle n'avait jamais « servi le riz » qu'à son mari, un honnête mandarin qu'elle souhaitait revoir au plus vite.

– Peut-être Votre Seigneurie sait-elle où se trouve l'honorable juge Ti Jen-tsié ? s'informa-t-elle.

Ce nom suscita chez le grossier personnage une réaction très différente de la déférence habituelle.

---

1. Expression polie pour désigner les prostituées occasionnelles.

Son interlocuteur égrena des imprécations plus déplaisantes les unes que les autres pour le sus-nommé.

Madame Première le contempla, médusée. Il y avait de toute évidence entre eux une incompréhension. Elle prit la peine de mentionner sa qualité de Première épouse du chef de la police. L'être obtus couché devant elle redoubla d'injures et prétendit la garder en otage jusqu'à un procès qu'il comptait intenter à un félon qui portait le même nom que son époux.

La conviction de dame Lin fut bientôt faite : cet homme était un fou dangereux que l'on avait confiné ici. Elle avait été bien téméraire de s'aventurer dans ce chariot. Les irresponsables qui avaient la charge du furieux auraient dû suspendre une inscription pour éloigner les passants.

– Je vois que je fatigue inutilement Votre Seigneurie, dit-elle sur un ton très calme et très poli. Je vais maintenant me retirer pour vous laisser vous reposer.

L'excité la saisit par le bas de sa robe avec l'intention de la retenir et sans doute de l'étrangler. Elle poussa des cris, mais cela n'eut pour effet que de suggérer aux cavaliers, dehors, que leur maître avait repris des forces, ce qui était le cas. Plutôt que de subir un sort funeste, dame Lin empoigna le premier objet pesant qui lui tomba sous la main, un miroir en bronze qui ne craignait pas les chocs, pendu au montant du baldaquin, et l'abattit sur le turban. Son agresseur retomba sur ses coussins avec un soupir sinistre. La proie se hâta de quitter le lit roulant sans prendre la peine de remettre de l'ordre dans sa toilette, fort dérangée par cet exercice. Les cavaliers sourirent alors qu'elle s'éloignait en tirant sur les plis de sa robe, les pommettes rouges et la mine coupable.

Un peu plus tard, quand ils écartèrent le rideau, étonnés de ne plus rien entendre, les domestiques du général constatèrent que la fréquentation des visiteuses ne valait rien à sa convalescence.

Le convoi suivait la route déconseillée par le marchand de kumquats. Ti ne s'était pas trompé : c'était la bonne, rien de fâcheux n'arriva, ce jour-là, aux exilés. Il fut satisfait de voir son choix confirmé : on a beau croire en ses propres capacités, le renard le plus rusé n'est repu qu'une fois la poule croquée. Pour en avoir le cœur net, il avait pris la précaution d'envoyer simultanément quelques hommes sur l'autre voie. Quand ils rejoignirent leur patron, ils affirmèrent que jamais le convoi ne serait venu à bout des obstacles qu'ils avaient rencontrés, cela aurait été la catastrophe assurée, la route était inondée, ils avaient dû traverser d'épouvantables marécages.

Quand le campement eut été installé de manière à peu près convenable, Ti se fit amener le marchand de kumquats afin de procéder à son interrogatoire. Les mains liées dans le dos, le traître fut contraint à s'agenouiller devant le pliant du magistrat. Qui l'envoyait ? Quels étaient les plans ourdis par ses chefs ? À quoi devait-on s'attendre ?

– À être dégradé et à finir votre carrière dans une sous-préfecture des steppes, noble juge, répondit le bonhomme avec une expression narquoise dépourvue de l'humilité qui seyait à un paysan.

Au tribunal, la punition appliquée par les sbires pour une telle insolence était un coup sur la bouche :

il était d'usage de frapper l'organe qui avait commis la faute. Habitué aux manies de son patron, Ma Jong asséna au contraire un coup de pied dans les fesses du prévenu, un traitement qui n'empêcherait pas celui-ci de répondre aux questions ultérieures.

Ti commençait à se demander s'il n'allait pas devoir organiser une séance de torture judiciaire en pleine cambrousse quand il fut dérangé par un vacarme venu de l'extérieur. Il s'irrita, on ne pouvait plus torturer en paix. Ma Jong écarta le rideau et cria :

– Faites taire ces gens ! Leur bavardage indispose Son Excellence !

En fait de bavardage, il s'agissait plutôt de hurlements, d'insultes, de jurons et d'appels à l'aide. Ti tenta de renouer le fil d'un entretien si prometteur, mais il lui fut impossible de se concentrer. L'un des policiers vint leur annoncer qu'une rixe avait éclaté entre les Hsing et les Tian.

– Eh bien ! clama le juge. Séparez les belligérants ! Avec vos gourdins, s'il le faut !

Chacun des sbires de la commanderie portait un bâton pendu à sa ceinture, et ce n'était pas pour expliquer Confucius aux illettrés.

– C'est que, noble juge, ce qui était une rixe au début est maintenant une émeute !

« Et cela deviendra une bataille rangée si je ne m'en mêle pas », conclut le magistrat. Il lui revenait de régler l'incident. Il confia le prisonnier à Ma Jong, qui le confia à l'une de ses recrues et s'en fut prêter main-forte à son patron.

Tandis qu'ils se hâtaient vers le lieu du tapage, le subordonné résuma les faits :

– Les Hsing n'acceptent plus de marcher derrière les Tian, au prétexte que leur clan est plus prestigieux[1]. Maintenant, les Tian prétendent occuper l'emplacement le plus proche du point d'eau parce que leur nom les désigne pour cet avantage[2].

Des bagarres de Hsing et de Tian avaient éclaté. Le conflit était si futile que Ti se demanda s'il n'avait été suscité par d'habiles provocateurs pour dégraisser un peu en Tian et en Hsing la masse de leur cortège.

Ces querelles philologiques entraînèrent Ti vers des développements sémantiques tout à fait inopinés. Il conta à son auditoire la parabole des deux sages taoïstes, frère Hsing et frère Tian, leurs ancêtres, qui avaient survécu dans un désert, l'un monté sur les épaules de l'autre. Le plus fort parcourait chaque jour dix lis pour rejoindre les points d'eau repérés par son compère, qui voyait très loin. Afin de les engager à se montrer dignes d'un si bel exemple, il leur promit un banquet de réconciliation, à la condition que leurs chefs s'appelleraient désormais « frères », si bien que les deux clans se rabibochèrent en dévorant la dernière mule dont disposait encore Son Excellence.

Quand il revint sous sa tente, assez content de ses talents de diplomatie et d'imagination, Ti trouva le garde blessé à la tête et son prisonnier enfui.

– Ne t'avais-je pas confié sa surveillance, imbécile ! dit-il à Ma Jong.

Son lieutenant secoua le subalterne évanoui.

---

1. Hsing est un vieux nom de dynastie, ce qui ne signifie pas que ceux qui le portent aient le moindre lien avec un monarque.

2. *Tian* signifie « rizière ».

– Ne t'avais-je pas confié la surveillance du prisonnier, imbécile !

À peu près réanimé, le garde expliqua qu'il n'avait
rien vu, qu'on l'avait assommé par-derrière.

Ce fut le juge Ti qui se sentit assommé par-derrière.
Il venait de perdre un atout dans la lutte qui l'oppo-
sait à un ennemi invisible, à l'intérieur d'une forêt
humaine plus dense et ténébreuse que celles où des
monstres *bei* aux jambes atrophiées se déplaçaient
de branche en branche. De rage, il donna un coup
de pied dans le panier aux kumquats, qui se renversa. Les fruits se répandirent sur le sol et roulèrent
comme des billes. Ti remarqua parmi eux un objet
fort peu comestible qu'il examina quelques instants
avant de le glisser dans sa large ceinture.

XV

Une jeune femme découvre qu'elle possède des charmes à faire perdre la tête ; un apprenti magistrat parvient à des conclusions logiques et néanmoins totalement erronées.

Le soir, un méchant crachin tomba sur le gigantesque rassemblement. Les feux s'éteignirent et ne voulurent pas reprendre. Partout, on essayait de se protéger de l'humidité comme on pouvait. Une angoisse étreignait les voyageurs : si cela s'aggravait, pourrait-on repartir ? L'épreuve allait-elle rallonger ? L'idée accablait tout le monde.

En cuisinière prévoyante, Maman Ping avait si bien abrité son foyer qu'elle fut l'une des rares à proposer à ses clients toute une variété de galettes fourrées. Elle avait pris la précaution de se poster contre la palissade dressée par les serviteurs des princes Li pour séparer leurs maîtres de la piétaille. Tout en remuant ses farces aux légumes, elle échangeait avec Petit Trésor des considérations sur la vie en général et sur la survie dans les convois de quatre cent mille personnes en particulier. La jeune femme se dit qu'elle avait été bien inspirée de se lier à cette commerçante expérimentée. Comme si les dieux éthérés avaient souhaité corroborer cette impression, il s'éleva de la marmite un parfum à charmer les narines des

Immortels. Maman Ping préparait des galettes délicieuses aux cinq épices, un plat très supérieur à
l'ordinaire disponible par temps de calamité.

Un homme vêtu d'une livrée princière leur fit
savoir que Son Altesse, qui se situait à portée de
fumet, allait lui faire l'honneur de goûter sa tam-
bouille. La cuisinière s'activa pour terminer de cuire
sa farine de châtaigne et disposer les galettes sur des
assiettes en lamelles de bois, de la manière la plus
artistique possible, c'est-à-dire superposées en spi-
rales.

– Je suis désolée d'être un poids pour vous, se
lamenta Petit Trésor, qui la regardait faire avec
admiration.

– Tu es jolie, dit Maman Ping en lui tendant un
sachet de savon au jasmin. Débarbouille-toi. Arrange-
toi un peu. La vue d'un tendron aiguise toujours
l'appétit des dîneurs.

Contente de se voir indiquer un moyen de remercier son hôtesse, Mlle Ti fit un effort de présentation.
On aurait pu lui faire remarquer que cet emploi la
rapprochait dangereusement du métier de « serveuse
de riz ». Son père y aurait certainement trouvé à
redire, mais quelque chose suggérait à la fugueuse
qu'elle ne courait aucun risque de ce côté-là. Toutes
les pensées de sa protectrice allaient à la préparation
d'un repas de qualité, non à la tentation de gagner
leur subsistance de la mauvaise façon.

La demoiselle pomponnée et la cuisinière au plateau se présentèrent à l'entrée du camp réservé, où
le valet en livrée leur fit franchir un piquet de gardes
robustes à l'œil inquisiteur. Il y avait un autre planton devant la tente personnelle de Son Altesse.
Conformément aux directives du juge Ti, elles subi-

rent une inspection de la tête aux pieds, dont il res-
sortit qu'elles ne cachaient aucun couteau entre
leurs seins. Le garde s'intéressa davantage à la
gamine au pas léger qu'à la restauratrice aux cheveux gras. Il écarta la toile afin que celle-ci puisse
pénétrer à l'intérieur sans renverser son précieux
chargement. Maman Ping disparut, mais le garde
retint la jeune personne, dont le parfum de jasmin
l'enivrait davantage que celui des galettes délicieuses, et il entreprit de lui conter fleurette. Petit
Trésor ne tarda pas à découvrir avec surprise qu'ils
avaient des amis communs. Le garde semblait avoir
passé la moitié de sa vie avec l'amoureux insaisissable. Il le reconnut sans hésiter dans le portrait
détaillé qu'elle en dressa. Il savait de source sûre
que son vieil ami était follement épris d'elle, il avait
à chaque instant son nom sur les lèvres. Un contretemps l'empêchait d'être aujourd'hui réuni à celle
qui occupait toutes ses pensées. L'aimable soldat se
faisait fort de le lui amener – qu'elle le rejoigne seulement derrière les premiers arbres de la futaie, à
l'heure où l'on éteindrait les feux. Cette perspective
réjouit fort Petit Trésor. Lui, pour partager sa joie,
se mit à la tâter affectueusement ici et là tout en
félicitant son ami d'avoir pour fiancée une personne
dotée d'une ossature si solide et pourtant si fine.
La jeune femme était enchantée, on l'entendait
glousser depuis l'intérieur de la tente.

Du moins l'aurait-on entendue si l'attention de
ceux qui s'y trouvaient n'avait été accaparée par le
repas. Le mobilier de voyage du prince se composait
d'épais tapis qui se chevauchaient, de poufs et de
coussins où laisser reposer des chairs malmenées par
les cahots de la route. Ces objets soutenaient un

obèse assis en tailleur devant une table basse en bois de rose ouvragé. Le descendant des Tang portait plusieurs couches de confortables robes d'intérieur en soie sauvage, en fibre de puéraire et en lin de Mongolie damassé qui achevaient d'arrondir sa silhouette : il ressemblait aux représentations du Bouddha Milefo au gros ventre et aux joues rebondies, le sourire en moins.

Le prince s'était jeté sur ce qu'on avait déjà pu lui fournir d'acceptable : une soupe à l'œuf un peu fade, mais qui aurait fait les délices de n'importe quel marcheur, quelques oignons en saumure tout juste bons pour des traîne-savates, et des biscuits trop cuits. Le vin à base de riz gluant, en revanche, venait de sa propre réserve, aussi alternait-il mastication décevante et ingurgitation d'alcool, en attendant le plat de résistance annoncé par l'odorant signal. Maman Ping eut la conviction que, si Son Altesse dînait seule, c'était pour n'avoir pas à partager ces fastes dérisoires avec quiconque.

Elle inclina la tête en un salut plein de respect, quoique son client lui prêtât moins d'attention qu'aux biscuits brûlés. Elle posa son plateau à l'écart et entreprit de transférer ses galettes sur les jolis plats de service en argent martelé, seuls dignes d'attirer les baguettes princières. Celui qui les maniait de ses doigts boudinés renifla.

– Cela sent bon. À quoi sont-elles ?

Maman Ping promit de lui donner la description complète d'une galette préparée avec art.

– Quelles que soient les conditions du moment, j'apporte toujours le même soin à tout ce que je fais, affirma-t-elle.

– C'est bien, approuva le prince en puisant dans les bols avec les doigts. Je pourrai te commander d'autres plats, quand nous serons à Luoyang. Avec ces restrictions, même un homme comme moi a parfois du mal à se faire préparer une cuisine de qualité. Nous vivons une époque abominable.

Tout en arrangeant les mets, elle en détailla la composition pour augmenter son appétit. Elle continua alors qu'il les enfournait à pleine bouche. Il trouvait visiblement dans la goinfrerie la consolation des fatigues et des inquiétudes qui l'avaient accablé d'un bout à l'autre de la journée. La litanie des ingrédients était une douce musique à ses oreilles. La souillon avait eu le bon goût de s'écarter, sa vue ne déparait plus ce mets savoureux, sa voix contribuait à le faire saliver. Il ne lui prêtait plus qu'une attention distraite quand elle conclut sa récitation.

– Elles sont aussi au gingembre frais. À l'huile de sésame. Et au trépas.

Maman Ping ouvrit délicatement la dernière galette délicieuse restée sur son plateau. La mastication s'interrompit.

– Au trépas ? Quelle herbe est-ce là ? demanda le prince, dont la langue expulsa quelques miettes de galette délicieuse.

Ce furent ses derniers mots. Le poignard quitta son enveloppe de blé finement tamisé cuite sur les deux faces et plongea dans la gorge du descendant des glorieux conquérants. Celui-ci n'émit qu'un gargouillis à peine plus sonore que ceux qui avaient agité jusque-là sa bedaine. Un mince jet rouge jaillit de la blessure quand la meurtrière retira son arme. Le prince tomba en avant sur les restes de nourriture mêlés de sang. Sans s'intéresser à lui, Maman Ping essuya sa lame à un coussin, elle prit le temps de vérifier que ses vêtements n'avaient pas été souillés et compta la vaisselle disposée sur son plateau. Puis elle quitta la tente comme une humble femme qui vient de servir un puissant personnage.

L'imbécile de garde était toujours à tripoter sa protégée.

– Ton maître déguste mes galettes, déclara-t-elle, il souhaite ne pas être dérangé.

Elle fit signe à Petit Trésor de la suivre et s'éloigna.

– Il ne faut pas tarder, murmura-t-elle.

La demoiselle protesta : le sympathique planton détenait des informations sur son amoureux disparu. La cuisinière lui rétorqua qu'elle était bien naïve : cet homme n'avait pas d'autre but que d'obtenir un rendez-vous au cours duquel elle avait plus de chance de subir les assauts du tigre que de rencontrer le joli colibri.

– Je me demande comment tu faisais pour survivre avant de me rencontrer, toi, conclut-elle en remballant ses affaires avec des gestes rapides.

Petit Trésor eut honte de sa crédulité.

– Je suis bien heureuse de vous connaître, ce convoi est rempli de dangers. Je n'ose penser à quoi je m'exposerais si je ne vous avais pas.

Après son entrevue désastreuse avec l'officier dément, dame Lin n'était plus si pressée d'en appeler aux autorités. Plus elle réfléchissait à l'incident, plus il lui apparaissait que son mari n'avait peut-être pas cultivé avec l'état-major des relations aussi cordiales qu'il l'aurait fallu. Si tel était le cas, le mandarin devait être fort occupé à préparer sa justification à l'intention du chancelier. L'irruption de tracas domestiques au milieu de ses problèmes pourrait être mal appréciée.

Alors qu'elle ruminait de sombres pensées sur ses chances de sauver un mariage si avantageux pour tout le monde, la cause de ses tracas surgit devant ses yeux comme la princesse Palourde devant les babines du roi-dragon. Petit Trésor sinuait entre les attroupements de campeurs, parée de manière provocante, du rouge aux joues, la poitrine moulée dans une robe trop étroite. Dame Lin en tira une conclusion affligeante : la donzelle était tombée dans la prostitution !

Elle rassembla ses esprits aussi vite que possible et la suivit péniblement à travers cette forêt humaine où chacun arrangeait son coin pour la nuit. La jeune évaporée suivait une femme plus âgée – la maquerelle, sans doute. Elles transportaient tout un barda de sacs et d'ustensiles culinaires qui devait servir d'écran à leur coupable commerce.

Ayant trouvé un emplacement favorable, elles tendirent une toile entre des piquets. On voyait bien que ces créatures avaient l'habitude d'installer leur lupanar dès que les bonnes occasions se présentaient. La prostitution était, avec l'acupuncture, les deux métiers qui pouvaient s'exercer n'importe où tant qu'on avait un coin où s'étendre.

Un doute lui vint à les voir allumer un feu, y mettre de l'eau à chauffer et arranger leur petit intérieur. La fugitive s'activait pour nettoyer, repasser, coudre, plier, ranger, sans élever la moindre plainte, le sourire aux lèvres. Dame Lin revint sur sa première idée : elle avait dû se tromper de personne. Ce ne pouvait être la cadette de son mari qui se tenait là, à quelques pas d'elle : la gamine qu'elle cherchait ne savait rien faire de ses dix doigts, se laissait vivre comme une souillon, n'obéissait jamais et ne faisait rien sans crier à l'esclavage. Lin Erma se fit des reproches et blâma sa mauvaise vue. Elle avait perdu trop de temps à poursuivre des chimères nées de faux-semblants. Elle abandonna les deux honnêtes courtisanes et retourna au point de ralliement où l'attendait sa suite.

Le réfractaire et l'intendante lui avaient aménagé un abri dans le camp des Du. Ceux qui avaient obéi à l'ordre d'exil s'étaient organisés. Ces dames furent ébahies par la quantité d'objets hétéroclites qu'ils transportaient. On y découvrait les emblèmes de différentes maisons nobles dont certaines ne leur étaient pas inconnues. Elles n'osèrent pas demander quelle était la nature de leur activité. Ces personnes tenaient visiblement un commerce de mercerie, de vieux vêtements et d'articles de seconde main. Cette profusion leur permit en tout cas de s'installer confortablement parmi les multiples couches d'étoffes, les nattes et les tapis ; on ne manquait de rien, pas même de jolies marmites de tous les formats.

Ti prit un repas décevant en compagnie du secrétaire Jiang. Les provisions commençaient à se raréfier. Le pillage était une ressource d'appoint pour ceux qui n'étaient guère à cheval sur l'éthique, mais le mandarin avait du mal à s'y résoudre. La situation se prêtait mal à la récupération des taxes, et l'administration se voyait toujours un peu perdue hors des méthodes classiques. Il y avait au reste assez peu à piller. D'abord, ils étaient trop nombreux, ensuite le juge soupçonnait la rumeur publique d'avoir couru plus vite qu'eux à travers la province.

Les serviteurs d'un des princes survinrent, catastrophés, et se jetèrent aux pieds du magistrat.

– On a... On a...

– On a assassiné votre maître, compléta le juge.

Les domestiques levèrent sur lui des figures où la surprise avait remplacé l'effroi.

– Votre Excellence a le don de double vue !

« Avec du personnel aussi stupide, rien d'étonnant à ce qu'il ait mal fini », songea Ti. Ainsi donc, le Scorpion avait encore frappé. C'était le deuxième prince qu'il lui enlevait, sans compter celui qui s'était enfui en palanquin et dont on était sans nouvelles. Cela commençait à devenir insultant. Il abandonna sa maigre soupe de nouilles aux radis amers et entraîna Jiang là où le devoir les appelait.

Ils trouvèrent, devant la tente princière, un imbécile prosterné et un autre furibond. Comme ce dernier ouvrait la bouche, Ti l'arrêta d'un geste : il désirait avant tout jeter un œil sur le lieu du drame.

En travers des coussins gisait un Li ventripotent, allongé sur le dos, la gorge ouverte. On l'avait certainement déplacé de sa position initiale, car c'était sur la table que le sang s'était répandu, et non sur les étoffes où il reposait à présent. Un léger parfum de friture et de coriandre s'attardait dans l'air. Ti songea au maigre dîner de vermicelles qu'il venait de prendre. Il constata que Leurs Altesses s'arrangeaient encore pour obtenir ce qu'il y avait de mieux, même dans les circonstances les plus difficiles. Certains plats contenaient des galettes plus ou moins entamées.

– Elles sont délicieuses, noble juge, dit un garde.

Ti fronça le sourcil.

– Depuis quand te crois-tu autorisé à goûter les indices ?

– Oh, pardon, seigneur !

Se méprenant sur le sens de la réprimande, il tendit le plat au mandarin, qui l'écarta avec dégoût.

– N'y touchez pas ! ordonna Ti alors que son secrétaire approchait lui aussi les doigts de crêpes si appétissantes pour un ventre à peine rempli d'une vilaine soupe. Elles sont peut-être empoisonnées ! Cela expliquerait que Son Altesse se soit laissé égorger !

Le garde sortit en hâte. On l'entendit vomir au pied de la tente.

– Votre Excellence croit-elle vraiment à un empoisonnement ? demanda Jiang devant le sang qui maculait la table.

– Pas du tout, dit le juge.

Les serviteurs ne comprenaient pas où l'assassin avait pu se procurer une arme, car ils fouillaient minutieusement les visiteurs. Or leur maître n'avait pas été tué avec un cure-dent. Ti se pencha sur la plaie et y trouva un petit morceau d'oignon frit. Il se fit des reproches : il avait donné l'ordre de surveiller les cuisiniers, non leur cuisine.

C'était l'occasion de former un peu son secrétaire. Il voulut savoir ce qu'il déduisait de ce sinistre tableau. Jiang observa le décor en caressant le filet de barbe qu'il se laissait pousser depuis qu'il était l'assistant d'un haut magistrat, certain que le secret de son efficacité tenait à son allure. Il possédait déjà fort bien l'attitude pensive du « mandarin sagace occupé à dissiper les points obscurs d'une affaire criminelle ». Si l'attitude était parfaite, les points, en revanche, avaient du mal à s'éclaircir.

– Les galettes non encore consommées nous indiquent que le prince, délaissant son repas, a voulu goûter à d'autres plaisirs. Il se sera jeté sur la cuisinière, celle-ci aura défendu son honneur en lui enfonçant ses baguettes dans la gorge.

Ti nota que son secrétaire avait au moins de l'imagination.

– Vous laissez votre connaissance des faits polluer votre raisonnement, dit-il. Si vous ne saviez pas qu'une femme était présente, que concluriez-vous de la scène ?

« Que le défunt aimait les galettes farcies » fut la première réponse qui vint à l'esprit de Jiang. Cependant, si la fréquentation des savants apprenait quelque chose, c'était à ne pas dire ce qui vous passait par la tête. Aussi reprit-il le lissage de sa barbiche en redoublant de concentration.

– Vu le poids de la victime, j'en déduirais que l'assassin est un homme à forte musculature, capable de maîtriser un porc en furie. Peut-être un mercenaire. Ou un charcutier. Je pense à un barbare des steppes qui aurait servi dans notre glorieuse armée avant de se reconvertir dans l'abattage des animaux de boucherie.

Il posa sur son patron un regard plein d'espoir.

– Bien, le félicita Ti. Vous avez su faire abstraction de vos *a priori* pour vous appuyer sur l'observation. C'est un bon début.

Ses encouragements n'allèrent pas jusqu'à lancer un avis de recherche pour un Ouïgour à la carrure massive employé au dépiautage des carcasses. Hormis la présence du cadavre, la tente était en ordre :

la victime ne s'était pas débattue, pas plus qu'elle n'avait appelé à l'aide ; elle s'était donc sentie en confiance. Il fallait que le meurtrier soit un subalterne ou un convive, et si un boucher de deux cents livres à la face graisseuse s'était présenté pour dîner, les gardes l'auraient remarqué. Ti penchait plutôt pour un assassin de frêle apparence, souple, rusé et tout à fait chinois.

Jiang fut ébahi par ce qu'on pouvait déduire d'un simple corps affalé sur des coussins.

Ce qui inquiétait vraiment le juge, c'était d'avoir affaire à un individu parfaitement entraîné à tuer, doué d'une redoutable intelligence, capable de s'adapter et de retourner les obstacles à son avantage... En deux mots, un juge Ti au service du mal. En quittant Chang-an, ils n'avaient pas seulement déménagé un quart de la population métropolitaine, ils avaient emmené avec eux le pire assassin de la capitale. Un requin nageait dans son banc de sardines.

Ils furent rejoints par les princes Li, mutiques, venus constater le drame et rendre à leur cousin les premiers devoirs. Ils n'eurent pas un regard pour le personnage qu'ils avaient inconsidérément chargé de leur sécurité.

Ti sortit procéder à l'interrogatoire du gardien, qui tremblait de peur. De l'intérieur de la tente leur parvenaient les soutras et les gémissements des survivants occupés à pleurer le mort et à repousser les démons susceptibles de venir saisir ses trois âmes.

L'homme furibond était l'intendant du défunt. Il enrageait : la faute commise par le misérable qui gardait leur maître méritait le pire des châtiments. Il était apparu que l'assassin s'était servi d'une prostituée pour distraire l'attention de l'imbécile pendant qu'il commettait son forfait. Quelques années plus tôt, pareil manquement lui aurait valu d'être fouetté sur place jusqu'à ce que mort s'ensuive. Hélas, la Sainte Mère impératrice, pour des raisons qu'il ne lui appartenait pas de commenter, avait ôté à Leurs Altesses toute prérogative de justice. Aussi le sort de ce scélérat reposait-il entre les mains de l'autorité judiciaire, c'est-à-dire du juge Ti. L'intendant s'agenouilla devant ce dernier, aux côtés de la larve humaine qui pleurnichait face contre terre.

– Je supplie Votre Excellence de lui faire couper la tête vite fait bien fait. Je comprends qu'en voyage il soit difficile de faire mieux pour contenter les mânes de mon maître qui crient vengeance.

Ti exigea d'entendre d'abord le récit des faits. S'étant essuyé le nez et les yeux, le garde raconta l'irruption d'une enjôleuse professionnelle qui lui avait tourné la tête pendant qu'une autre égorgeait le seigneur Li. Ti demanda si la meurtrière avait pu faire entrer quelqu'un. La réponse étant néga-tive et catégorique, le mandarin échafauda une hypothèse. La violence de l'agression ne cadrait pas avec la délicatesse féminine. Son expérience lui avait montré que les femmes manquaient de force ou de confiance en elles pour porter de tels coups. D'autant que la victime était d'un embonpoint dis-suasif.

– Ne crois-tu pas que cette cuisinière aurait pu être un homme déguisé ?

L'idée que la petite sauteuse avec laquelle il avait badiné était elle aussi un garçon suscita l'horreur du garde.

– Mais... Seigneur juge... Je lui ai tâté les... là, devant !

– À mon avis, tu t'es excité sur une paire de mangues.

Le gardien s'effondra tout à fait. Il posa à nouveau le front sur le sol boueux.

– J'implore Votre Excellence de mettre fin à ma honte en m'ôtant la vie sur-le-champ.

L'intendant indiqua du menton qu'il appuyait la requête. Ti n'aurait eu qu'un mot à dire. Vu leur situation exceptionnelle, les lois qui régissaient les tribunaux n'avaient plus cours. Le serviteur semblait disposé à appliquer lui-même la sentence avec un couteau à dépecer, si on l'en priait.

Le mandarin jugea inopportun de se priver de l'unique témoin qui avait côtoyé les deux meurtriers travestis. Cet idiot était leur meilleure chance contre les comploteurs. Si ceux-ci se hasardaient à revenir rôder autour des princes, lui seul serait en mesure de les reconnaître, il fallait s'en servir comme d'un fanal. Ti interdit qu'on lui fasse du mal jusqu'à l'arrivée à Luoyang. Une fois parvenus à bon port, les princes pourraient passer leur colère sur le peu de personnel qu'il leur restait, dans le cas où ils seraient encore en vie, bien entendu.

Les parents du défunt quittèrent la tente, la mine sombre et la bouche amère. Ils posèrent sur le chef de la police un œil excédé.

– Je présente mes condoléances à Vos Altesses, dit Ti, les mains réunies l'une dans l'autre, avec une inflexion du buste. Ainsi que mes excuses pour mon impardonnable incompétence.

Les princes détournèrent les yeux avec mépris. Le silence dans lequel ils étaient murés était pire que des reproches. Ti se sentit profondément coupable. Lorsqu'il n'eut plus devant lui que des dos recouverts de soie brodée qui s'éloignaient d'un pas funèbre, il résolut de prendre des mesures énergiques.

XVI

Le juge Ti en apprend davantage sur la nature du monstre qui sème la terreur dans son convoi ; madame Première entame une carrière de magistrat itinérant.

Au matin, Ti se passa un linge humide sur tout le corps, démêla les poils de sa barbe poivre et sel et déjeuna de lamelles d'aubergines frites tout en écoutant Ma Jong lui faire le rapport de la nuit. Par bonheur, on n'avait pas d'autre assassinat princier à déplorer. Les hommes de la commanderie sud qu'il avait fait poster devant les tentes des Li avaient été plus efficaces que les gardiens affolés par n'importe quel morceau de chair fraîche avec un chignon posé dessus.

Quand le secrétaire Jiang se présenta pour prendre ses ordres, Ti lui montra l'objet trouvé dans le panier aux kumquats. C'était un disque de jade comme les gens élégants en suspendaient à leur ceinture. Un tel colifichet ne pouvait appartenir qu'à un homme de goût. Sans doute leur faux marchand l'avait-il caché là parce que cet article aurait ruiné son déguisement.

Ti nota que le secrétaire avait blêmi.

– Sauriez-vous à qui appartient cette babiole ? demanda le mandarin.

Jiang était presque sûr qu'elle provenait de la collection de feu son maître, le cartographe épris de mécanique. Il la lui avait souvent vu arborer, c'était un jade ancien dont l'inscription remontait à la dynastie des Han, une pierre de l'eau la plus pure, le fleuron de sa collection.

Ti réfléchit. Si l'assassin du lettré avait eu le goût assez sûr pour choisir ce disque gravé parmi le reste de la collection, cela le situait très haut dans la société des Tang. On pouvait craindre qu'il ne soit plus retors qu'un trafiquant de concombres.

Le juge ouvrit son nécessaire à écrire portatif, déroula un parchemin neuf, trempa son pinceau dans l'encre et le fit courir de haut en bas avec des gestes précis et harmonieux. Quand il eut fini, il appliqua son sceau dans une goutte de cire et confia sa lettre à celui de ses hommes que Ma Jong lui indiqua comme le plus sûr et le plus débrouillard. La mission du messager était de transmettre ce courrier à la commanderie de la porte sud, à Chang-an, dont le personnel aurait pour tâche de le faire parvenir coûte que coûte au grand secrétaire impérial.

Un bonheur n'arrivant jamais sans contrepartie, le général Pei fit appeler auprès de lui le chef de la police. Celui-ci supposa que le patient réclamait une nouvelle dose de son remède. Il lesta sa manche droite d'un sceau en bronze qui ne risquait pas de s'ébrécher.

Une fois hors de sa tente, plantée sur une colline, Ti constata avec irritation que le campement s'était développé hors des limites imparties : le mandarin n'était plus en tête, il était perdu dans une vaste étendue de corps, de chariots et d'abris qu'on repliait pour le départ. Les plus matinaux se mettaient déjà en route sans lui laisser le temps d'organiser quoi que ce soit. Ce n'était pas le contretemps Pei qui allait arranger les choses.

Par chance, le général le pria de monter dans le char qui lui servait de lit, ils discuteraient en route. On lui demanda seulement d'ôter ses bottes, qu'un serviteur garderait sous le bras tout en cheminant derrière eux. En retirant ses souliers, Ti songea que jamais encore il n'avait été reçu dans le lit d'un officier.

Pour un homme qui avait passé la majeure partie des deux derniers jours à somnoler, le militaire avait les traits tirés. Il fit part au magistrat de sa profonde inquiétude.

– Je me préoccupe de mes devoirs, même dans mon état, affirma-t-il.

Le mandarin lui recommanda aimablement de se ménager autant que possible, la main serrée sur son sceau à travers sa manche.

On avait relaté à Pei le meurtre du prince Li. Ce crime l'horrifiait.

– J'ai moi-même reçu la visite de la meurtrière !

Ti se reprocha d'avoir frappé trop fort à sa dernière visite. Le malade se lança d'une voix exaltée dans son récit. Il avait été agressé sur sa couche de convalescent, alors qu'il était déjà en proie aux douleurs consécutives à sa chute dans la rivière. Une lutte acharnée avec l'inconnue lui avait permis d'échapper à un sort funeste. Il avait repoussé cette créature infernale au prix d'un combat héroïque qui avait consumé ses dernières forces. L'ayant mise en fuite, il était tombé évanoui et n'avait repris ses esprits qu'au petit jour. La nouvelle que la démone

s'en était prise à Son Altesse lui avait coupé l'appétit. Il s'était vu égorgé sur ses oreillers. Ce voyage
virait à la catastrophe.

« Parce que, jusqu'ici, ce n'était qu'une promenade
d'agrément », supposa le juge Ti. Pour le reste, le
mandarin voyait mal pourquoi un assassin résolu à
débarrasser l'impératrice de sa belle-famille se serait
attaqué à un militaire déjà à moitié en ruine. Il lui
signala que la meurtrière n'était pas une femme,
mais très certainement un homme déguisé, vu sa
détermination et l'énergie qu'il avait déployée pour
maîtriser une victime qui pesait au bas mot le poids
d'un demi-buffle avec les pattes.

– Il m'avait bien paru que ce monstre n'avait rien
d'une femme ! s'écria le général.

Il ne dormait plus sans deux poignards et une épée
cachés sous les couvertures. Ti le félicita de ces précautions. Avec un peu de chance, il s'embrocherait
lui-même par accident et on compterait un problème
de moins dans ce cortège calamiteux. Il s'efforça de
tranquilliser l'ahuri avec la promesse qu'il allait
prendre les dispositions adéquates. Celles-ci se résu-
meraient à mettre en garde le personnel contre les
démones en vadrouille, Ti n'ayant plus assez de soldats pour poster quelqu'un devant les lits à roulettes
des militaires atteints de délire.

– N'ayez crainte, assura-t-il : nous serons bientôt
débarrassés de ce scélérat.

– Et ce sera tant mieux ! dit le général. Pensez
qu'il a l'outrecuidance de se présenter sous l'identité
de votre Première épouse !

Ce détail lui était revenu à force de se remémorer
l'agression. Le bandit maladroitement déguisé en
courtisane avait prétendu être la compagne de l'hono-

rable magistrat, juste avant de lui sauter à la gorge. Stupéfait, Ti se fit décrire le délinquant. La ressemblance du portrait qu'on lui fit, l'agression dont le malheureux avait été victime, tout cela suggérait que c'était bien sa Première qui était venue terminer le travail entamé par lui-même sur le crâne du général. Que diable faisait-elle ici ? Sa présence était aussi inconcevable qu'une apparition du Bouddha sur les monts sacrés du Tao. Il se demanda quelle sorte d'incendie avait pu abattre leur maison pour que dame Lin se précipite à sa poursuite dans des conditions qui ne semblaient guère à la hauteur d'une digne épouse de mandarin.

— Je crois même avoir, un instant, prêté foi à son odieux mensonge, confessa Pei tandis que son interlocuteur était plongé dans la confusion. Ma maladie lui a permis de m'abuser par le biais d'une ruse grossière. Je vous présente mes excuses d'avoir pu croire que vous étiez marié à un tel monstre.

— Vous êtes tout excusé, dit Ti d'une voix blanche.

— La Première d'un fonctionnaire de votre rang ne peut être qu'une personne délicate et raisonnable, insista le général, à présent mielleux, décidé à entrer dans les bonnes grâces du précieux enquêteur.

— Oui, en effet, dit Ti, qui avait l'esprit ailleurs.

Pei vit avec satisfaction que le récit de ses tourments en imposait au chef de la police. Ti quitta le lit roulant comme un somnambule.

— Et pour ma protection ? lui cria le général.

— Si elle revient, répondit Ti sans se retourner, dites-lui que vous avez la migraine ! Cela marche très bien, d'habitude !

Tandis que l'on faisait son portrait en lutin *xiao*, un démon qui se repaissait de la chair des voyageurs isolés, dame Lin prenait congé des Du, ces hôtes très hospitaliers. Ils s'étaient montrés d'une parfaite aménité et l'avaient couverte de cadeaux estampillés de différents blasons chinois, dont sans doute les anciens propriétaires s'étaient séparés à regret lors du départ en exil. Après un dernier repas où le concombre figurait à profusion, elle remercia réfractaire Du pour l'excellente éducation de ses cousins, neveux et autres parents, tous gens d'une édifiante honnêteté.

Cela avait été d'autant plus apprécié qu'elle était lasse de la vie de convoi. Elle consulta sa *Compilation à l'usage des promeneurs du Shanxi*. Devant eux se trouvait un hameau doté d'un relais impérial qu'ils avaient une chance de trouver encore debout s'ils y parvenaient avant le reste des marcheurs. Selon le livre, il existait un moyen tout simple de prendre de l'avance. La foule suivrait la route, qui dessinait de larges boucles à travers la campagne. La rivière, en revanche, filait tout droit vers le village. C'était un renseignement précieux.

Du aida les deux femmes à gagner le cours d'eau. Dame Lin se dit que jamais, de toute sa vie, elle n'avait fait autant de marche à pied, tandis que l'intendante peinait derrière elle, chargée des paquets.

L'unique problème était que cette rivière avait la réputation d'être peu navigable.

– Mais si, dit l'intendante, regardez : il y a une barque !

Un pêcheur d'ablettes reprisait ses filets. Le brave homme les prendrait bien sur son esquif en échange d'un peu d'argent. Dame Lin sortit un lingot de l'aumônière pendue à sa ceinture.

– C'est beaucoup trop, noble dame des Ti ! s'exclama Du.

– Ah bon ? Pourtant, à la capitale, c'est le prix pour quatre heures de palanquin moelleux, quand je sors faire mes courses.

– Ici, nous sommes chez des gens simples. Quelques sapèques suffiront. Donnez-moi votre bourse, je vais négocier.

Comme dame Lin lui tendait son trésor, l'intendante s'en empara.

– Je vous accompagne, dit-elle à Du, dont la grimace avait quelque chose du chat qui voit s'envoler le moineau dodu.

La négociation rondement menée, ils prirent place parmi les paniers et les nasses à poissons. Le pêcheur leur recommanda de se tenir bien fort : ils allaient être secoués.

– Comment ça, secoués ? dit madame Première.

Elle n'estimait pas de sa dignité d'être secouée, ni même de devoir s'accrocher à quoi que ce soit. D'ailleurs, le cours d'eau, à cet endroit, était aussi tranquille que la Serpentine du parc aux Lotus où les dames de Chang-an aimaient à se laisser bercer par les vaguelettes, à l'abri d'une ombrelle.

Cette douceur, hélas, dura peu. Il ne s'écoula pas longtemps avant qu'ils ne se voient ballottés sur un flot rapide et tumultueux où l'expression « secoués » devint un euphémisme poli. « Agités dans tous les sens comme un paquet de nouilles dans une écumoire » aurait été plus exact. Dame Lin se cramponnait aux rebords de la coque en tâchant de rester le plus raide possible, ainsi qu'il convenait à une personne de sa condition. L'intendante avait agrippé réfractaire Du et poussait des hurlements chaque fois qu'ils se voyaient sur le point de verser dans le courant, c'est-à-dire toutes les cinq secondes environ. Ses cris étaient repris en écho par Du, qui sentait une dizaine d'ongles s'incruster dans le gras de ses bras, de ses épaules et de toute partie de son anatomie qui fournissait un point d'ancrage contre le roulis.

Ils arrivèrent au hameau après une traversée qui parut avoir duré toute la journée, mouillés, échevelés, le corps rompu de douleurs diverses.

– Vous devriez loger chez mon huitième cousin Pang, leur conseilla le pêcheur, seul d'entre eux à être demeuré frais comme un gardon dans une épuisette.

– Nous irons au relais où « le promeneur trouvera tout le confort d'une installation moderne et rénovée », récita dame Lin d'une voix nauséeuse.

Elle abandonna à leur convoyeur quelques pièces supplémentaires pour les avoir gardés en vie sur des flots déchaînés, et ils se dirigèrent d'un pas erratique vers la bourgade qui s'étendait à un jet de pierre de ce fleuve des Enfers.

Le relais numéro cinquante-six, grosse bâtisse entourée d'une barrière en bambou, faisait partie de la vaste organisation qui permettait aux émissaires de parcourir l'empire avec aisance et vélocité. Dame Lin se fit annoncer au portier, en train de ronfler dans sa guérite. Elle sortit de sa manche le précieux laissez-passer décerné par son mari et l'agita sous le nez de la sentinelle.

– Vous lisez ce qui est écrit ?

Le sceau imprimé au bas du papier chiffonné était celui d'un mandarin de deuxième catégorie, rang élevé qui vous assurait l'assistance sans réserve de tous ceux situés en dessous. Le portier fut certes étonné de voir une personne de sexe féminin, surgie de nulle part et quasi sans escorte, prétendre à ces hautes prérogatives ; mais, après tout, la Chine n'était-elle pas gouvernée par une ancienne concubine devenue Bouddha vivant ? Il s'inclina très bas devant la représentante du Fils du Ciel.

« Enfin la civilisation ! » se dit dame Lin tandis qu'on la conduisait à l'appartement de l'arrière-cour, celui des hôtes de marque.

La chance sourit à Petit Trésor alors que les deux femmes cheminaient au milieu d'une marée de Hsing et de Tian réconciliés. Elle aperçut Tigre Volant, qui semblait lui-même chercher quelqu'un des yeux – elle, sans aucun doute. Les dieux avaient enfin résolu de mettre fin à ses tourments ! Son cœur bondit dans sa poitrine, elle saisit le bras de Maman Ping et désigna son amoureux d'un index tremblant.

Curieusement, la cuisinière n'eut pas la réaction à laquelle la jeune femme se serait attendue. Elle la tira derrière une paire de buffles attelés qui les cachèrent aux regards du danseur. Même, elle lui déconseilla de continuer à courir après cet homme-là.

– Vous le connaissez donc ? s'étonna Petit Trésor.

– Moi ? Pas du tout. Comment le connaîtrais-je ? J'ai bien compris que tu étais une jeune fille de bonne famille, tu as reçu une éducation parfaite. Lui n'est qu'un soldat doté d'un petit talent. Votre union ne serait pas équilibrée.

Petit Trésor entendait demeurer seul juge de cette question. Elle avait envoyé promener la « bonne famille » tout comme les règles de son « éducation parfaite », ce n'était pas pour recevoir les leçons de maintien d'une marchande de crêpes. Elle se libéra de son étreinte et s'échappa pour rejoindre son amour itinérant. Ce dernier n'était plus en vue, aussi poursuivit-elle sa quête dans la direction vers laquelle il avait paru se diriger. Qu'avait tout le monde à s'interposer dans une relation sentimentale voulue par le Ciel ?

Pendant que la demoiselle des Ti courait après une ombre, Maman Ping quitta l'abri de l'attelage et tomba aussitôt sur le danseur de sabre. Il tenait à la main son arme de parade, dont le tranchant brillait au soleil. Elle le trouva beau comme la mort. Elle rajusta une mèche de cheveux échappée de son chignon. Pourquoi fallait-il qu'elle soit si peu présentable, un jour où elle allait à la rencontre de son destin ?

Son apparence présente sembla indifférente à Tigre Volant. Il s'avança vers elle, l'arme à nu. Elle sentit son propre corps se raidir, comme chaque fois qu'elle se préparait à tuer. Parvenu à sa hauteur, il agit le premier et l'étreignit fermement. Il l'avait prise au dépourvu, elle ne pouvait plus faire un geste. Il l'embrassa.

XVII

Une troupe de princes se voit offrir des mangues ;
une oie sauve un vieil ours.

Ti ne cessait de s'interroger : qu'est-ce que sa Première faisait dans cette cohue de chars et d'exilés ?
Il comprenait plus facilement les mobiles des crimi-
nels que les motivations de sa femme. Quelle chance
avait-il de la situer à l'intérieur de ce magma mouvant ? De toute évidence, elle avait cherché l'aide
du général, ce soudard obtus. Leur entretien avait
tourné de la même façon que chez eux lorsqu'on la
contrariait. Non seulement il allait devoir la retrouver, mais en plus elle ne serait pas de bonne humeur.

Il devait aussi se consacrer au lent massacre des
princes, l'autre contrariété du moment. La meilleure
façon d'éviter qu'ils ne se fassent tuer l'un après
l'autre était d'appréhender l'être mi-prune mi-litchi
qui les massacrait, avec l'espoir qu'il ne s'agissait pas
d'un coup de folie de sa Première. Le phénomène
ahurissant de sa présence dans le cortège rendait
toute élucubration envisageable, il n'arrivait pas à en
détourner ses pensées.

S'il voulait aussi déjouer les tentatives d'assassinat
en masse, il devait se poser la question primordiale :
comment les comploteurs pourraient-ils détruire la
caravane en un seul piège ? Il s'attendait à subir un

cataclysme et étudia avec son secrétaire ce que cela serait. Il allait falloir éviter les routes à flanc de coteau susceptibles de connaître un éboulement massif.

Un autre problème se présenta. Comment se résoudre à laisser quatre cent mille personnes continuer de s'abattre sur les hameaux avec le même effet que la grêle sur un champ de blé ? Même si ces ravages n'étaient pas de sa responsabilité, de tels actes heurtaient la morale. À peine acceptables pendant les guerres, ces débordements étaient injustifiables en temps de paix. Il lui revenait de préserver l'ordre sur leur passage, non en tant que chef temporaire d'un convoi en déroute, mais en tant que lettré, en tant que fervent confucéen, en tant qu'être humain. Il ne souhaitait pas voir les mânes de dix mille inconnus se dresser devant lui lorsqu'il aborderait la terrasse des trépassés, cela compromettrait sa comparution devant les juges d'outre-tombe. Il était bien placé pour savoir qu'une kyrielle de plaignants démunis faisait toujours mauvais effet sur un magistrat, fût-il vivant ou mort.

Ayant résolu de partir en avant pour chercher un moyen d'épargner les villages, il confia la sécurité du convoi à Ma Jong et emmena le secrétaire Jiang en qualité d'expert en cartographie. Le problème était de remonter l'interminable cortège.

– Je dois rejoindre la tête du convoi au plus vite ! déclara-t-il à son fidèle lieutenant.

– Dans ce cas, noble juge, je ne vois qu'un seul moyen.

Le véhicule qu'il lui proposa laissa le mandarin perplexe. Faute d'alternative, il se résigna à y poser son postérieur. L'honorable fonctionnaire des Tang et son secrétaire sinuèrent parmi les obstacles, assis chacun dans une brouette chinoise poussée et tirée par de solides gaillards. Les deux voyageurs ne tardèrent pas à se dire qu'ils avaient remis leur sort entre les mains de déments qui slalomaient au pas de course entre les chariots bâchés, les animaux de trait et les exilés en grappes. Secoués, ballottés, convoyés avec le soin qu'on prodiguait aux bottes de poireaux, ils eurent la certitude de terminer leur vie dans un accident de brouette. Ti préféra fermer les yeux et serrer les dents. Après tout, c'étaient ses ordres qu'on appliquait.

Ce circuit peu respectueux leur permit néanmoins de rallier la petite troupe montée qui dirigeait l'interminable file. Ti battit le rappel de ses altesses, qui suivaient les quelques soldats comme des canetons leur mère. Il profita de l'absence du général Pei pour réquisitionner des chevaux, quelques soldats, et emmena le tout avec lui.

Après une chevauchée à travers la campagne, dont la paix fut un baume, ils atteignirent les premières maisons. À leur vue, un gamin s'enfuit en criant : « Les mangues ! Les mangues ! » Les nouveaux venus se regardèrent avec étonnement.

– On vous aura préparé un petit banquet de bienvenue, noble juge, dit l'un des princes. Votre Excellence aime-t-elle les mangues ? Ma Quatrième fait un merveilleux gratin à la sauce au miel.

À peine eut-il prononcé ces mots qu'il reçut en pleine figure le fruit en question, d'un mûrissement très avancé et sans sauce au miel. On semblait décidé à leur faire goûter la compote locale, il en jaillissait de toutes les fenêtres.

– Ce n'est pas ainsi que l'on célèbre l'arrivée d'un magistrat impérial ! clama l'un des militaires. Venez demander pardon avant que nous n'abattions sur vos têtes le courroux du Ciel !

La menace était fort exagérée. Leur quinzaine d'hommes aurait difficilement répandu le courroux du Ciel au-delà de quelques claques au succès hasardeux, ils avaient déjà du mal à résister aux mangues. Néanmoins, le respect pour l'autorité impériale et la frayeur causée par un ton martial étaient encore assez vivaces pour susciter un retournement de situation, même éphémère. Il se fit une accalmie dans l'orage de compote. Les portes s'ouvrirent lentement et la population finit par s'avancer avec timidité. Ti fit de son mieux pour prendre l'attitude du dieu de la Colère au sourcil froncé, tel que représenté sur l'autel des divinités dont il fallait se concilier les bonnes grâces. Il conseilla aux princes de ne pas se serrer derrière lui, mais de montrer au contraire leurs figures où se devinait l'illustre sang des Tang. Les étendards dépliés en hâte firent le reste. Les paysans se prosternèrent devant le mandarin et son aréopage d'altesses terrifiées dont ils implorèrent la protection. Le chef de village supplia Son Excellence de leur pardonner cet accueil incivil, dicté par la crainte.

– On raconte qu'une troupe de malandrins sans foi ni loi aurait détruit toutes les habitations entre ici et la capitale !

Ti répondit qu'il était justement là pour leur éviter ce triste sort. Le nez sur la carte, il organisa une déviation. On barra la route et on installa un piquet de réception chargé d'expliquer inlassablement l'avantage qu'il y avait à traverser les bois plutôt qu'à balayer une riante bourgade remplie de poulets à plumer. On prépara de pleins paniers de noix, de fruits secs, de fromage de soja et de tout ce qu'on put trouver pour apaiser la fureur du grand dragon qui ravageait la contrée. La distribution de ces petits cadeaux atténuerait la déception, elle aiderait à orienter le flux vers le nouvel itinéraire. D'accortes villageoises vêtues comme pour la fête du Bouvier et de la Tisserande sur le fleuve d'Argent furent chargées de sourire de toutes leurs dents aux envahisseurs pour leur indiquer la direction à prendre : on croit volontiers une Immortelle qui daigne vous apparaître alors que tout espoir semblait perdu.

Dans le même temps, Ti fit envoyer tout le matériel possible sur le terrain choisi pour le prochain bivouac. À défaut de pillage, les voyageurs auraient au moins du bois pour leurs fourneaux et de la paille pour leur couchage.

Il n'y avait pas de solution parfaite, c'était un déchirement. Pour protéger les sédentaires, Ti augmentait les difficultés des transhumants. Ceux-ci étaient trop nombreux, de toute façon, pour que la destruction des hameaux suffise à soulager leurs souffrances. Autant sauver ce qui tenait debout. Le fleuve ne devait pas emporter les berges, il devait les suivre jusqu'à l'océan.

Le chef du village lui proposa de prendre ses quartiers au relais numéro cinquante-six, qui tenait lieu d'auberge. Le mandarin n'avait pas envie de retrouver l'ambiance des haltes prévues pour les fonctionnaires en déplacement, il préféra se faire indiquer une confortable résidence privée. On lui conseilla celle du petit potentat local, un propriétaire terrien qui avait tout à gagner à voir protéger ses biens. Il y fut accueilli par une ribambelle de servantes munies de serviettes. Un bain était déjà en train de chauffer. Des cuisines arrivèrent divers plateaux chargés de mets délicats. Cette abondance bien cachée derrière les murs de la villa confirma un fait que Ti avait maintes fois noté : il y a toujours des endroits dont les calamités ne franchissent pas le seuil.

Dame Lin et l'intendante prirent elles aussi un bain réparateur, à l'arrière du relais cinquante-six. L'établissement disposait bien des « installations modernes et rénovées » vantées par la *Compilation à l'usage des promeneurs du Shanxi*, des cuves en bois alimentées par des conduits en brique – elle se promit d'ailleurs de se faire construire la même chose à Chang-an. On voyait bien que ces mandarins en mission savaient se ménager de petits plaisirs qui n'étaient pas prévus par les édits administratifs. Encore s'abstint-on de leur proposer certains d'entre eux, tels que les « jeunes filles du riz et plus si affinités », dont on supposa que la noble dame des Ti n'avait pas adopté l'usage en même temps que celui du laissez-passer mandarinal.

Une rumeur leur parvint depuis la rue, atténuée par la distance. On percevait des hennissements de chevaux, des appels, des protestations et de curieux sons qui évoquaient la chute d'un objet mou sur une calebasse creuse.

– Qu'est-ce que c'est encore que ce raffut du Nouvel An ? dit madame Première, qui trempait avec son intendante dans un grand bac d'eau chaude que ces dames avaient parfumée à l'huile de jasmin, l'accessoire indispensable des Chinoises en voyage.

Réfractaire Du accourut avec des nouvelles. On l'arrêta avant qu'il n'accoure jusqu'à l'autre côté du paravent qui protégeait la pudeur des baigneuses. Un chef de guerre revêche à l'œil terrible avait investi la ville à la tête d'une escouade de brigands répugnants de saleté. En ce moment même, la population désespérée parlementait pour tenter de sauver les femmes et les enfants.

Dame Lin regretta que ce ne soit pas plutôt son mari qui soit venu. « Jamais là quand on a besoin de lui », songea-t-elle en tendant la main pour qu'on lui passe les serviettes. Elles écourtèrent le bain pour ne pas risquer de finir violées et étranglées dans les baignoires.

L'épouse du magistrat sentit la nécessité de préparer son prochain déplacement. Elle souhaitait se procurer des montures rapides et comptait sur les écuries réservées aux fonctionnaires pour les lui fournir. Celles-ci étaient hélas désespérément calmes. Les palefreniers lui affirmèrent qu'ils ne disposaient plus du moindre cheval. Elle se rabattit sur les mules. On n'en tenait pas plus.

– Un âne ?

En fait, il n'y avait plus le moindre animal. On les avait tous évacués avant l'arrivée des « visiteurs du printemps », qui avaient la réputation de manger jusqu'aux chiens domestiques partout où ils passaient. Dame Lin jaugea le palefrenier qui lui parlait.

– Vous pouvez porter quel poids, vous ?

Bien que les princes aient installé leurs tentes dans les jardins d'un riche cultivateur, aux abords du village, le relais fut tout de même bousculé par un va-et-vient de serviteurs hautains venus chercher de quoi nourrir leurs maîtres. Les cuisines furent mobilisées par une multiplication d'exigences sans fin. Sous l'effet des réprimandes princières, on trouva miraculeusement des volailles et des œufs à sacrifier aux augustes voyageurs.

Les villageois étaient impressionnés par ce déferlement d'altesses. Contrairement aux habitants de la capitale, ils ignoraient que les princes Tang n'étaient plus admis à la cour et que leurs jours étaient aussi fragiles qu'une cendre de papier jaune voletant vers les fantômes de l'inframonde[1]. Ils furent cependant assez malins pour affirmer aux valets que la seule spécialité locale était le ragoût d'herbes et de racines.

Il ne pouvait plus être question, pour Maman Ping, de préparer des galettes délicieuses. Tous ceux qui avaient eu vent de la triste fin du prince Li auraient considéré ce mets comme un indice de culpabilité. Elle s'était mise au chou, nourriture moins délicate. Sa marmite exhalait un fumet assez puissant pour écarter les soupçons aussi bien que le museau des gardes. Nul ne pouvait imaginer qu'un parent des Tang, même déchu, ait été attiré par un relent aussi grossier.

Il fallut peu de temps à Maman Ping pour constater que ses proies s'étaient envolées comme des perdrix à l'approche du renard. Décidée à les débusquer, elle confia son feu aux soins de Petit Trésor et s'en fut rôder du côté de la cavalerie, vêtue en paysanne, sous prétexte de cueillir des baies.

---

1. Il était d'usage de brûler de la monnaie virtuelle à l'intention de ses parents défunts.

On n'avait pas installé de camp séparé. Un cordon de soldatesque entourait le chariot du poussah galonné qui menait ce convoi funèbre. Tout indiquait que le chef de la police avait déserté les lieux. Cela aurait été une intéressante information si les princes ne s'étaient pas dissous dans la même brume. En revanche, Ti avait laissé derrière lui une sorte de vieux baroudeur qui commandait un ramassis de pouilleux déguisés en sbires – Maman Ping avait du flair pour repérer la mauvaise graine jusque dans le potager des bonzes. Ces anciens malfrats n'avaient pas quitté la rue depuis assez longtemps pour réformer leurs attitudes : ils avaient le maintien typique des voleurs à la tire et l'œil aux aguets des aigrefins prêts à saisir une bonne fortune. Le lieutenant, en revanche, était un pépère chez qui la graisse avait depuis longtemps remplacé le muscle.

Elle observait Ma Jong en faisant mine de ramasser sur le sol on ne savait quoi, lorsqu'un garde qui ressemblait fort à celui qu'elle avait vu devant la tente du prince obèse la désigna du doigt. Aussitôt le lieutenant fonça sur elle et la rejoignit en quelques pas pour un corps à corps qui n'avait rien d'érotique. Elle avait sous-estimé la vivacité du pépère : il lui restait assez de ressort pour l'attaquer, et ce qu'il avait de graisse faisait masse.

Elle usa de la tactique dite du « coup de pied fantôme comme l'ombre de la lune », à quoi il répondit par l'art du labyrinthe, qui consistait à multiplier les feintes pour déconcerter l'adversaire. Comme aucun des deux ne venait à bout de l'autre, il lança sur elle deux ou trois de ses voyous. Elle n'eut aucun mal à les mettre hors combat sans même paraître les effleurer – ce genre de petites crapules lui servait de collation matinale, et l'entraînement de ceux-ci laissait à désirer. Quand elle eut envoyé les jeunes au tapis, Ma Jong vit bondir sur lui une diablesse décidée à profiter de l'occasion pour se débarrasser de la police. Il eut le pressentiment que sa dernière heure était venue, juste avant de recevoir sur l'arrière du crâne un coup de marmite qui lui fit perdre connaissance.

Petit Trésor lâcha son ustensile et saisit le bras de Maman Ping, qui se penchait sur Ma Jong pour l'achever.

– Qu'est-ce que vous faites ! s'écria la jeune femme.

La cuisinière expliqua qu'elle avait eu maille à partir avec ce brigand et qu'il valait mieux l'empêcher de nuire pour de bon.

– Ce n'est pas un brigand, c'est le bras droit de papa ! Il lutte pour le triomphe du bien !

Surprise, Maman Ping hésita un instant, puis elle rangea son couteau.

– S'il lutte pour le triomphe du bien, je me dois de l'épargner, dit-elle d'une voix où ne perçait nulle émotion.

Petit Trésor voulut vérifier que Ma Jong n'était pas assommé au point de ne plus se réveiller, mais son amie l'entraîna sans attendre.

En fait, celle-ci s'était demandé si elle devait tuer aussi l'oie blanche, en plus du vieil ours évanoui. Incapable de prendre une telle décision sans réfléchir, elle avait accordé à la demoiselle un sursis. Mieux valait pour celle-ci que le cas ne se présente plus de sitôt.

XVIII

Le peuple se réjouit d'avoir à supporter le poids de la noblesse ; la réussite de ses entreprises plonge le juge Ti dans l'affliction.

Alors que le juge Ti se prélassait sous les paumes d'une masseuse experte à défaut d'être accorte, sa relaxation fut troublée par des clameurs venues de l'extérieur. Il se souleva de la natte où dix doigts et autant d'orteils avaient entrepris de malaxer ses chairs à l'aide d'un onguent énergétique au ginseng et se précipita dehors pieds nus, enveloppé d'une simple serviette en lin.

Une foule tapageuse entourait deux palanquins princiers dont les porteurs n'arboraient pas l'habituelle livrée des Tang. Leurs Altesses avaient recruté des exilés pour une compétition destinée à démontrer qui étaient les plus forts et les plus rapides, des Ling ou des Po.

Ti ne fut pas extrêmement ravi de voir ses directives de sécurité compromises par un délassement digne des jours de foire, mais sans doute était-il nécessaire de permettre à la tension générale de se libérer autrement que par le pugilat.

Un prince avait pris place sur chacun des véhicules, que soutenaient quatre porteurs à l'avant et autant à l'arrière. Ils s'affrontaient dans une course à travers la grand-rue du village. Plus du tout effrayés, et même ravis de ce spectacle inattendu, les habitants s'étaient massés sur le parcours, ils encourageaient les équipages sur lesquels ils avaient parié. La silhouette élancée des Ling se révéla un atout, tandis que la puissante constitution des Po, bien utile sur les longs trajets, représentait une charge lors des sprints.

L'arrivée était devant la boutique de l'« Oncle Mao, lacets et sandales, bonne qualité à petits prix ». Le prêtre de la pagode locale annonçait les résultats.

– Vainqueurs, les Po, étendard bleu et jaune...

Leur conducteur lui glissa un mot à l'oreille.

– ... menés par Son Altesse impériale le duc de Ying issu de nos illustres souverains Tang !

On acclama monseigneur – ceux qui avaient perdu leur chemise dans le pari, un peu moins fort que les gagnants. Les Li constatèrent que leur prestige restait intact à la campagne. Une eau-de-vie de tofu fermenté fit même une apparition providentielle entre les mains de leurs hôtes pour fêter la victoire.

Ti laissa ce beau monde fraterniser et retourna réfléchir aux difficultés qui les attendaient – et aussi s'habiller. Puisqu'il y avait eu sabotage d'un bout à l'autre de leur exode, force était de croire qu'il existait des saboteurs. Le secrétaire Jiang avait défini sur la carte les points de passage obligés du convoi qui se prêtaient à des embuscades. Soucieux de s'assurer qu'aucun pont ni aucune muraille pierreuse ne céderait à leur approche, Ti partit en avant avec quelques hommes sûrs sans attendre le gros du convoi.

Deux trajets étaient possibles : l'un, long et cahoteux, l'autre, aisé et rectiligne. Pour une fois, c'était ce dernier qui avait été marqué d'un trait rouge sur le plan fourni par le gouvernement. Les éclaireurs échangeaient des regards angoissés. Le piège éventuel les inquiétait d'autant plus qu'ils ne voyaient pas du tout à quoi s'attendre. Chaque pas de leur monture leur faisait redouter de tomber dans quelque fosse garnie de pieux, creusée au milieu de la route.

Les premiers lis se parcoururent sans mal. On traversait des rizières. C'était un terrain plat, découvert, peuplé seulement d'échassiers qui pêchaient les têtards dans les eaux dormantes. Ils cheminaient au fond d'une cuvette naturelle dont les coteaux étaient aménagés en terrasses. La région était très humide, un savant système de digues la rendait féconde et opulente. Les grues blanches, revenues du sud avec le printemps, planaient paisiblement dans le ciel bleu. On entendait au loin des bûcherons abattre des arbres dans les hauteurs. Tout n'était que tranquillité champêtre.

– Peut-être n'y aura-t-il rien, en fin de compte, noble juge ! espéra le secrétaire Jiang.

Ti fronça le sourcil.

– J'aurais préféré que vous ne disiez pas cela. C'est généralement ce que j'entends juste avant que la montagne ne nous tombe dessus ou que le sol ne s'ouvre sous nos pas.

Il ne craignait pas une fosse : on n'emploie pas une trappe à souris contre une horde d'éléphants. Ce qu'il redoutait le plus, c'était au contraire de passer à travers l'obstacle sans rien remarquer et de laisser ses pauvres administrés se faire tailler en pièces après lui. Si les assassins avaient disposé quelque piège, ce ne serait pas un simple trou susceptible de s'ouvrir sous les savates du premier paysan venu.

À ce propos, ils n'en croisaient plus guère. Ti avait attribué à la crainte des envahisseurs la disparition des habituels buffles montés par de petits bergers. À la réflexion, il y avait longtemps qu'ils n'avaient pas rencontré un être humain. La peur retenait-elle chacun chez lui ? Mais était-ce la peur de la masse humaine... ou d'un péril plus immédiat ?

Ce soupçon lui donna à réfléchir. Il remâcha ses réflexions jusqu'au moment où il fut frappé de sa propre stupidité.

– En arrière ! cria-t-il en levant un bras et en tirant de l'autre sur les rênes de son cheval. Je suis un imbécile !

Bien qu'il fût impensable de confirmer cette assertion, le reste de la troupe fit demi-tour après lui. Ils revinrent sur leurs pas et parcoururent à nouveau la vallée qu'ils avaient été sur le point de quitter. Ti arrêta sa monture et exigea le silence. Il n'y eut plus d'autre bruit que celui des haches. Ces rizières d'ordinaire populeuses étaient décidément aussi vides qu'un désert brûlé par le soleil. N'était-ce pas ce bruit qui avait chassé les gens ?

Il ordonna à ses hommes de l'aider à remonter la piste du vacarme. S'arrêtant souvent pour écouter, ils s'enfoncèrent dans une forêt de bambous, à la recherche des bûcherons. Quand le bruit leur parut très proche, le juge descendit de cheval et poursuivit à pied, imité par ses subordonnés.

À travers un rideau de tiges vertes, ils découvrirent une petite escouade occupée à couper les montants des digues. Ils interrompaient leurs entailles aux deux tiers de chaque tronc, de manière, probablement, à faire céder le tout quand les voyageurs seraient dans la cuvette. Ti imagina le raz-de-marée brutal et dévastateur qui se produirait alors. Il crut reconnaître parmi les saboteurs son faux marchand de kumquats en fuite.

– Que se passerait-il si les digues cédaient brusquement ? demanda-t-il tout bas au secrétaire Jiang.

– L'eau déborderait violemment des canaux d'irrigation. Elle se déverserait dans les rizières, dont le niveau s'élèverait en quelques minutes. Au bout d'une demi-heure, tout le monde serait englué dans une boue inextricable. Les sentiers s'effaceraient. Il faudrait plus d'une journée pour s'en extirper, avec de la chance et beaucoup d'efforts. La nuit surprendrait la plupart d'entre nous. Ceux qui ne mourraient pas de froid ou de noyade perdraient tout ce qui permet de survivre : les ustensiles, les pierres à feu, les couvertures, la nourriture, les médicaments, les souliers...

Ti ne perdit pas de temps à se représenter les détails du désastre. Il se tourna vers le capitaine.

– Pensez-vous que nous puissions venir à bout de ces hommes ?

L'officier répondit que cela était possible. S'ils voulaient avoir une chance de les vaincre, il fallait en tuer le plus possible avant d'engager le combat. Bien sûr, ce n'était pas une tactique très honorable.

Sur l'un des plateaux de la balance, Ti avait quatre cent mille âmes confiées à son autorité, et, sur l'autre, son honneur, l'éthique confucéenne, les règles de l'équité et de la mansuétude. La procédure conforme aurait consisté à se signaler, à parlementer, à expliquer à ces gens que leur mission avait échoué. Mais c'était prendre le risque de la voir réussir. Il fallait trancher : chaque instant les exposait à se voir découverts et menaçait un peu plus la vallée. La solution s'imposait. Elle lui faisait horreur.

Il hocha la tête. L'officier ne se le fit pas répéter deux fois. Il rejoignit ses hommes, qui s'avancèrent au plus près, arc au poing et carquois à l'épaule. Dès que leur chef eut tiré la première flèche, ils criblèrent les manieurs de haches, dont plusieurs s'abattirent sans un cri sous les yeux ahuris de leurs compagnons. Ti entendit les hurlements, les appels, les râles accompagnés d'affreux gargouillis quand le projectile s'était fiché dans la gorge, partie fragile et accessible. Bien qu'il sût que cette lâcheté avait pour but de sauvegarder l'harmonie du monde, il ne doutait pas que les mânes de ces inconnus ne l'attendraient un jour en quelque lieu interdit aux vivants.

La plupart de leurs ennemis périrent sur la digue, les autres s'enfuirent à travers les bambous sans prendre le temps de vérifier quelles étaient les forces de leurs assaillants. Ti crut de son devoir d'aller constater le massacre. À voir leur vêtement et leur carrure, il devina que les victimes se composaient surtout de vrais bûcherons, sans doute enrôlés par force pour cet odieux travail. Ceux qui les gardaient s'étaient échappés pour la plupart. Leur ami aux kumquats n'était pas parmi les morts. Non seulement Ti avait tué ces gens par traîtrise, circonstance considérée comme aggravante dans son tribunal, mais sa fureur s'était abattue sur ceux du lot qui, peut-être, n'avaient pas eu le choix.

– Il faut parfois sacrifier la chèvre pour attraper le tigre, dit le secrétaire Jiang, à qui l'état d'esprit de son supérieur n'avait pas échappé. Ces paysans sont morts d'avoir rencontré un magistrat juste, sagace et courageux.

– Ceci n'est pas une chasse, Jiang. Ces malheureux sont morts d'avoir rencontré un magistrat incapable d'imaginer une ruse qui ne fasse pas de victimes. Je ne crois pas que Confucius m'approuverait aujourd'hui.

Sun Tsu, en revanche, l'aurait applaudi des deux pieds. Le capitaine des gardes se montrait enthousiaste d'avoir pu appliquer un stratagème d'une prudence et d'un cynisme dignes de *L'Art de la guerre*.

Ti était d'autant plus contrarié que cet attentat montrait la détermination et le manque de scrupules de leurs adversaires. Il allait devoir redoubler de précautions s'il voulait déjouer leurs prochaines manigances. Enchanté des méthodes mandarinales, l'officier fit une suggestion :

– Votre Excellence devrait juger en toute hâte quelques mauvais sujets que nous pousserions devant nous pour tomber dans les pièges à notre place.

Ti avait une trop haute idée de la justice pour bâcler un procès ou pour en conduire un faux. Son honnêteté était une infirmité à laquelle il se heurtait souvent dans ses fonctions de magistrat.

– Le dévouement qu'a montré Votre Excellence envers les souffrances du peuple lui vaudra une place de choix dans l'autre monde ! affirma le militaire.

Ti accepta avec résignation la prédiction. Dans ce monde-ci, une mission réussie ne lui valait que l'attribution d'une autre plus difficile encore. Cet épisode avait fait un mort de plus : l'estime qu'il avait de lui-même.

XIX

*Un renard rencontre un scorpion ; le juge Ti
découvre qu'il a pour adversaire la femme la plus
puissante du monde.*

Dame Lin traversait la vallée aux rizières en remâ-
chant de sinistres pensées au sujet de la déliques-
cence du système mandarinal. Le palefrenier du
relais cinquante-six ayant refusé de lui offrir son
dos, elle avait négocié à prix d'or un coin de charrette tirée par un bœuf à la digestion difficile, dont
les pets lui suggéraient qu'elle aurait peut-être
mieux fait de traîner elle aussi ses semelles sur le
chemin boueux. Tout cela ne la rapprochait pas de
la fuyarde. Le convoi n'avançait presque plus. Les
voyageurs affamés pillaient le riz pas encore mûr, les
jambes dans l'eau, la robe retroussée jusqu'aux
fesses. Si les derrières étaient à l'air, les têtes s'étaient
couvertes, on avait sorti les chapeaux de jonc tressé.
Dame Lin ne voyait plus autour d'elle qu'une forêt
de cônes identiques qui n'améliorait en rien son
humeur.

Le campement fut installé au sec dans la vallée
suivante. Ayant infligé un revers aux saboteurs, Ti
aurait aimé attraper le Scorpion, cela aurait été un
deuxième sujet d'accablement en moins. Quand il

convoqua Ma Jong, on lui répondit que son lieutenant se reposait.

– Au lieu de me présenter son rapport ? Est-ce que je me repose, moi ?

Il vit arriver un Ma Jong en mauvais état, contusionné un peu partout, courbatu sur tout le reste du corps, et le visage marqué de traces brunâtres.

– Mon pauvre vieil ami ! Que t'est-il donc arrivé ?

Il avait été présomptueux d'entraîner son vieux camarade dans cette marche forcée que les tâches de surveillance rendaient deux fois plus exténuante. Il n'était plus assez en forme pour supporter de telles épreuves. Ma Jong lui apprit l'odieux attentat dont il avait été victime :

– Les gens du convoi deviennent fous, noble juge. J'ai même été attaqué par une femme !

Ti craignit un instant qu'il ne s'agît de la sienne. Mais non : si elle avait voulu tuer son fidèle lieutenant, elle l'aurait fait à la maison. De plus, le garde des Li croyait avoir reconnu en elle la cuisinière aux crêpes qui avait égorgé son maître.

– J'ai réussi à la mettre en fuite, mais ça n'a pas été sans mal, poursuivit le rescapé.

Ti voyait cela.

– N'aurais-tu pas pu l'arrêter, plutôt ? suggéra-t-il, gêné.

Si le seul fait de repousser les assauts d'une femme représentait désormais un exploit, on allait devoir lui trouver un emploi plus tranquille.

– Elle m'a pris par surprise, affirma l'homme de main en se redressant afin de montrer qu'il n'avait rien perdu de sa superbe.

Ti regretta que les délinquants ne se fassent pas annoncer par quelque tintement de clochette ou quelque sonnerie de trompe qui aurait facilité le travail de son personnel.

Petit Trésor et Maman Ping firent de même que les pèlerins harassés qui se posèrent tous ensemble, tel un vol d'oiseaux migrateurs. Maintenant que ce policier balourd l'avait vue de près, Maman Ping ne pouvait plus déambuler sous le même aspect. Changer d'apparence était heureusement l'un des arts dans lesquels elle était passée maître. Il ne pouvait plus être question de nourriture. Elle s'éloigna pendant une petite heure et revint avec des paniers remplis de poudres à laver, d'huiles, de crèmes, de pierres ponces et de serviettes fines, de tout ce qui était nécessaire, enfin, pour prodiguer des soins corporels depuis le bain jusqu'au massage.

— Vous vous lancez dans les huiles bienfaisantes ? s'étonna Petit Trésor.

— Ce lot était à céder pour trois fois rien, j'ai sauté sur l'occasion. On ne peut plus faire fortune dans la nouille, de nos jours, les gens n'ont plus de quoi se nourrir.

On pouvait se demander s'ils avaient toujours de quoi s'enduire de baumes revigorants, mais Petit Trésor ne se permit pas de commenter les choix de carrière de son mentor.

Sa protectrice tira quelques nippes de ses paquets et se métamorphosa sous les yeux de la jeune femme. Celle-ci fut frappée de voir avec quelle facilité les marchandes de nouilles savaient se pomponner comme des masseuses, sans parler de leur parfaite connaissance des techniques de combat au corps à corps. L'exercice des commerces de bouche exigeait un entraînement dont elle n'avait pas eu idée jusqu'alors. La survie des vendeuses ambulantes passait par des prodiges d'astuce et de souplesse. Elle regrettait de connaître si mal la vie, faute d'avoir eu l'occasion de quitter la maison paternelle, et, en cela au moins, elle avait parfaitement raison.

Elle fut priée d'accorder elle aussi sa vêture avec leur nouvel état. Plus question de cheveux gras ou de robe grossière. Il fallait de la coquetterie pour vendre la douceur et le bien-être.

– Vous avez le génie du déguisement ! Mille mercis de m'aider comme vous le faites ! Le dieu de la Pitié Ti-Tsang Wang vous a envoyée vers moi !

Maman Ping la mit en garde : leur nouveau commerce les obligeait à se pomponner, elles recevraient des propositions scabreuses. Certains hommes – la plupart – ne faisaient pas la différence entre une honnête marchande de sels pour le bain et une prostituée.

Elles avaient à peine commencé à déambuler parmi les exilés, leurs paniers à la main, qu'elles furent abordées par un malotru que Maman Ping rabroua sèchement. Petit Trésor se dit qu'elle n'avait pas trop à s'inquiéter des assiduités de ces messieurs : sa marraine savait montrer les crocs.

Elles s'en furent proposer leurs onguents et leur savoir-faire autour du camp des princes – l'abeille ne butine pas les pierres. Quand elles furent sollicitées par un serviteur en livrée chargé de trouver de la distraction pour son maître, Petit Trésor vit que la morale de Maman Ping n'était pas si rigide. L'apprentie masseuse renvoya sa protégée :

– Tu rentres garder nos affaires et surtout tu ne bouges pas de là !

– Non.

– Tu ne parles à personne !

– Non.

– Tu ne fais rien d'imprudent !

– Non, non.

La nouvelle maîtresse de bain s'en fut vendre ses baumes, ou ce qu'elle voudrait, chez Son Altesse des Tang. Quand elle se retourna une dernière fois, Petit Trésor lui fit un signe de la main, puis la regarda s'éloigner. À peine eut-elle disparu que la demoiselle des Ti courut voir ce qui provoquait cet attroupement qu'elle avait remarqué non loin de là.

Un vaste échantillon d'humanité masculine s'était rassemblé autour d'un bateleur qu'elle ne discernait pas. Elle se fraya à grand-peine un chemin jusqu'à la lisière de l'assistance. Au centre du cercle, on faisait une démonstration d'exercices militaires scandés par des tambourins. Elle vit d'abord une pyramide d'acrobates. Ils furent remplacés par un équilibriste qui avançait debout sur une échelle en guise d'échasses. Puis ce fut le tour d'un danseur qui ne lui était pas inconnu. Il sautait, bondissait, lançait son arme et la rattrapait au vol sans se couper. Tout cela mettait en valeur son torse nu et luisant, Petit Trésor jugea ce spectacle d'une rare élégance. Quand il eut terminé, elle lui sauta au cou sans lui laisser le temps de faire le tour des donateurs qui lançaient des piécettes.

– Les dieux n'ont pas voulu que nous restions séparés longtemps, ils nous ont à nouveau réunis ! déclara-t-elle, des larmes dans les yeux.

Elle loua Nu-kua, déesse du mariage, qui l'avait encore une fois guidée vers son promis. Au prochain bourg, ils ne devaient pas manquer de faire halte dans un temple pour brûler de l'encens en son honneur, dans l'hypothèse où la bâtisse aurait résisté à la marée.

Tigre Volant avait la tête ailleurs. Elle fit allusion à une possible réconciliation avec son père, « un riche mandarin métropolitain ». Il changea d'attitude et, même, encouragea les projets de mariage clandestin qu'elle échafaudait avec passion.

– La meilleure façon d'empêcher ce monde cruel de contrarier notre bonheur, assura-t-elle, est de nous unir au plus vite pour montrer que tel est le vœu du Ciel.

Ainsi, son père serait placé devant le fait accompli, une tactique toujours couronnée de succès dans *Les Contes de la princesse Palourde*.

Maman Ping pénétra à petits pas à l'intérieur de la tente de drap émeraude sous laquelle patientait son client. Ainsi qu'elle l'avait pensé, cet homme était seul, vautré sur ses coussins, et son œil luisait d'une lueur égrillarde. Il avait fait préparer le nécessaire pour une toilette, crapuleuse ou non : de l'eau chauffait sur un foyer et il y avait de quoi s'étendre. Tout était prévu pour la propreté comme pour la volupté.

La masseuse s'inclina et attendit de s'entendre adresser la parole. Le porc à longue barbe poivre et sel qui l'avait fait venir pour son plaisir avait eu la délicatesse de faire servir des noix au miel et des grenouilles en pâte de haricot sucrée qu'il lui offrit et auxquelles elle se garda de toucher. Il lui fit déballer sa marchandise afin de respecter les convenances qui sont la marque des gens bien élevés et des timides. Elle dut admettre qu'il lui parlait mieux que ses précédentes victimes. Elle l'observa tout en disposant ses pots. Cet homme-là avait dû tenir un rôle à la cour, on voyait bien que son existence ne s'était pas déroulée tout entière dans l'oisiveté qui est le ferment de l'ennui.

La stratégie adoptée par le juge Ti pour attraper l'homme-femme qui massacrait ses princes incluait une tente isolée et un chef de la police en guise d'appât. Il s'était fait habiller en conséquence, ce qui lui avait permis de découvrir que Leurs Altesses portaient des culottes de dessous d'une finesse inaccessible aux autres mortels. Il y avait décidément des bienheureux dans le royaume sous le ciel.

Assis sur un pouf généreusement rembourré de crin, il attendait patiemment que la suspecte se dévoile. Avait-il devant lui la meurtrière qui avait mis fin à tant de vies princières ? En tout cas, c'était une femme, qu'il regardait là. Il lui était arrivé de se méprendre sur des danseurs ou des acteurs chevronnés et bien grimés, mais il voyait sa masseuse d'assez près pour ne pas s'y tromper. Il craignit par ailleurs de ne gagner dans cette embuscade qu'un massage des plus traditionnels. La femme qu'on lui avait amenée ne montrait aucun signe d'agressivité, de grossièreté, rien qui puisse laisser croire qu'il était en présence d'un assassin sans foi ni loi. Un détail, pourtant, le fit frémir. Elle était trop bien élevée pour une simple marchande de pommades. Elle s'exprimait parfaitement bien, sur un ton égal, et ne laissait échapper aucune expression vulgaire. Elle sentait bon, malgré les efforts qu'elle avait dû fournir au long de la journée. Si elle était masseuse, c'était la baigneuse de l'impératrice, qu'il voyait là. Et si c'était une prostituée, son raffinement aurait dû lui épargner le racolage dans les camps. Cela ne collait pas. Il commença à redouter d'avoir eu raison et de s'être mis dans une situation périlleuse. L'adversaire paraissait plus mystérieux et plus redoutable qu'il ne l'avait imaginé. L'heure était venue de se laisser prodiguer un petit massage mortel.

C'était la rencontre du renard et du scorpion. Ils s'examinaient, s'étudiaient, se guettaient, chacun attendant le moment propice pour surprendre l'autre. Ti regardait Maman Ping manipuler les instruments du bain avec des gestes secs et précis. Il s'efforçait de maintenir les apparences d'un manque de précaution impardonnable. Il se défit de toutes ses robes, lui offrit sa poitrine, s'étendit sur le dos, mais elle ne broncha pas, si bien qu'il crut s'être trompé.

Elle n'avait pas encore décidé si elle devait frapper. Ce prince n'était pas comme les autres, son corps, qu'elle avait au bout des doigts, n'avait pas leur mollesse, son regard n'était pas éteint, elle regretta presque de devoir en débarrasser la surface de la terre. S'il était moins dégénéré que le reste du lot, il n'en serait que plus gênant pour ses commanditaires. Elle ne devait pas faiblir. Et puis la tâche était facile. Comment un bon ouvrier refuserait-il d'accomplir de la belle ouvrage ?

Au moment favorable qu'il avait pris soin de lui offrir, elle tira de son chignon l'une des aiguilles en métal solide qu'elle y avait piquées et l'abattit d'une main ferme sur sa victime. Il y eut un « couic » alors que l'arme se plantait dans une boîte à onguents que le mandarin venait de placer entre eux. Ce réflexe surprit fort Maman Ping. Sa première pensée fut que le prince s'était entraîné à des jeux qui réclamaient de la dextérité. La seconde, qu'il avait anticipé son assaut. Elle ne doutait pas, néanmoins, d'être la plus forte dans la sorte de massage qu'elle prévoyait de lui appliquer.

Ti avait donné pour consigne à ses hommes de ne pas bouger avant d'en avoir reçu le signal, il espérait maîtriser le ou la meurtrière par ses propres moyens. Une fois à quatre pattes sur le sol et poursuivi par une furie qui brandissait des pointes métalliques aiguisées, il estima préférable d'appeler les secours sans attendre d'avoir rejoint les précédentes victimes dans l'inframonde. Ma Jong et ses hommes surgirent, sabre au poing.

– Rends-toi, Scorpion ! cria le lieutenant. Tu es fait !

– Rends-toi, *Scorpione*, corrigea le juge, empêtré dans les coussins.

Maman Ping, qui n'avait pas prévu de combattre un régiment, parvint à repousser ses premiers assaillants, mais ne put éviter de recevoir une lame par le côté au cours de la mêlée. Cependant, les recrues de Ma Jong étaient mieux douées pour la surveillance des vide-goussets que pour les arts martiaux. Elle leur envoya l'eau chaude du bain à la tête et renversa du pied le réchaud, dont les charbons ardents enflammèrent les tentures. Le combat tourna court alors que l'incendie prenait aux tissus comme à une botte de foin. Les combattants se ruèrent dehors avant que la structure de bois, de peaux et de chanvre ne s'effondre sur eux. L'obscurité qui était tombée sur le campement permit à la meurtrière de s'éclipser tandis qu'on déployait de grands efforts pour empêcher le feu de s'étendre au reste des installations. On y parvint principalement parce que Ti avait fait dresser la tente à l'écart, si bien qu'on dut poursuivre les flammèches et les morceaux d'étoffes à demi-brûlés essaimés par le vent. Le juge contempla les cendres fumantes en compagnie des princes Li, fort désabusés. Le drame évité, les quelques sbires partis à la poursuite de la criminelle revinrent bredouilles.

– Ce bandit nous a échappé, noble juge.

– C'est une femme, insista leur patron.

À voir l'étendue du désastre, on s'en montra surpris. Cette circonstance éveilla néanmoins quelque chose dans la mémoire des princes. Ils prirent le juge à part pour lui exposer les nouvelles craintes que cette révélation faisait naître. Une seule personne s'entourait de femmes expertes dans des arts très masculins tels que la politique, la diplomatie, les techniques d'assaut et l'assassinat. Ils ne tenaient pas à prononcer son nom.

Depuis longtemps, les proches de la cour évoquaient à demi-mot certains cas de meurtres abominables perpétrés par une main féminine. Les gens raisonnables et respectueux des grands principes qui gouvernaient la société ne pouvaient prêter foi à une telle abomination, cela contrevenait trop violemment aux règles des relations hommes-femmes prônées par Confucius : le jeune s'inclinait devant le vieux, le faible devant le puissant, la femme devant tout le monde.

Ils avaient supposé que l'usurpatrice voulait leur perte ; à présent, ils savaient qu'elle avait lancé la déesse de la mort à leurs trousses. Ce point établi, ils prirent congé : ils avaient leurs funérailles à préparer.

XX

Une revenante escamote un repas ; une controverse
sur le personnel se règle aux dominos.

La blessure de Maman Ping la lançait, le sang pois-
sait sa tunique grise. Cette fois, elle ne s'en sortirait
pas seule, la tête lui tournait, elle avait besoin d'aide.
Elle avait repéré le coin où s'était installé Tigre
Volant, elle parvint à marcher jusque-là d'un pas de
plus en plus traînant, tout en luttant contre l'évanouissement.

Ce ne fut pas le danseur de sabre, qui l'accueillit,
mais Petit Trésor, si bien que la masseuse crut qu'elle
avait perdu l'esprit au point d'avoir regagné sa propre
natte sans s'en rendre compte. À la jeune femme,
effarée par son état, Maman Ping expliqua avoir été
agressée par des voleurs qui lui avaient tout pris,
panier, serviettes, pommades. Tandis que la demoiselle des Ti l'aidait à s'allonger, le militaire sortit des
linges propres de son paquetage et courut chercher
de l'eau. Lorsqu'il revint avec une gourde pleine, sa
fiancée l'implora de bien vouloir prendre soin de sa
protectrice comme d'elle-même ; elle lui devait tant.
Elle fut soulagée de voir qu'il acceptait sans se faire
prier. C'était vraiment un brave garçon. Non seulement il était resplendissant comme Pan An, le paran-
gon de la beauté virile, mais il avait bon cœur.

Il avait l'habitude des coupures, des bleus et des bosses : dans le métier des armes, on apprenait vite à évaluer les dommages et à se soigner soi-même. Petit Trésor lui servit d'assistante. Tandis qu'il nettoyait la plaie, elle déchira de la charpie et épongea le sang qui avait coulé jusqu'à la cheville. Elle admira la douceur avec laquelle il s'occupait de son amie. Cet homme était un prodige de bonté. Quelle malchance d'avoir été élevée dans la maison d'un dragon femelle qui ne pensait qu'à distribuer des injonctions, quand il existait de par le monde des gens doux, généreux, prêts à se dévouer pour des inconnues, en plus de posséder un physique avantageux.

Maman Ping parut très contrariée.

– Je ne peux pas mollir, dit-elle en serrant les dents pendant qu'on la pansait. J'ai du travail.

– Non, non, la gronda Petit Trésor, vous allez vous reposer. J'accomplirai vos tâches à votre place.

Pour commencer, il fallait gagner de quoi préparer un dîner pour trois. La pauvre blessée avait tout perdu dans l'agression. Petit Trésor lui ordonna de se reposer, elle la confia à son fiancé et promit de revenir les mains pleines.

Elle déambula à travers le camp sans savoir par où commencer. Le moment était venu de rendre à Maman Ping un peu de ses bienfaits. Elle devait se montrer à la hauteur de la situation. Mais par quel moyen ? Elle n'avait appris, durant sa vie de jeune fille noble, qu'une seule méthode, mais très efficace. Elle décida d'aller demander de l'aide à papa.

Comme disait le proverbe, « la pagode au sommet de la montagne est proche du ciel, mais le chemin pour y monter est semé de cailloux pointus ». Alors qu'elle tâchait de se repérer dans la pénombre d'un campement gigantesque, elle fut bousculée par une personne au visage fermé qui sortait d'un petit enclos et qui poursuivit sa route sans s'excuser. Si cette attitude avait pu lui laisser le moindre doute, la silhouette et la démarche raide de la malpolie lui confirmèrent son identité en dépit de l'obscurité. Madame Première cherchait encore Petit Trésor, mais Petit Trésor venait de retrouver madame Première.

Dame Lin avait eu un accès de découragement en arrivant sur le bivouac. Comme chaque soir, elle laissa son intendante et réfractaire Du s'occuper de leur installation et lut un passage de la *Compilation à l'usage des promeneurs du Shanxi*. L'auteur faisait une description idyllique de « ces charmants coteaux qui se teintaient de nuances mordorées dans les dernières lueurs du jour ». Ce que vit la lectrice en levant les yeux, c'est qu'autour d'eux tout était ravagé. La vie était dure avec elle. Ce voyage commençait à la fatiguer. Il n'y avait toujours pas trace de sa fille, c'était à croire que la péronnelle avait suivi une autre route et que l'on affrontait toutes ces difficultés pour rien. Comment retrouver la salamandre d'or qui nageait en liberté dans le lac Vert ?

Tandis que Du déroulait une fine palissade pour les isoler des autres campeurs, l'intendante déplia les nattes et les étala sur le sol. L'ambiance était tendue. Le réfractaire saisit le premier prétexte pour aller glaner des fournitures dans le camp des Du, ces honnêtes commerçants qui possédaient de tout.

Dame Lin se reprochait de n'avoir pas encore averti son mari de l'embarras où les plongeait leur cadette. C'était une faute. Cette raison, et aussi le désespérant manque de confort de leur installation, la poussèrent à aller l'informer sans plus tarder. Elle laissa la domestique à ses travaux et remonta le camp immense en direction de la tente ornée de l'oriflamme au nom de Ti Jen-tsié.

Restée seule, l'intendante disposa sur un plateau les provisions achetées au relais numéro cinquante-six, des bouchées à base d'herbes et de jus de légumes qui, à défaut de leur réjouir le palais, leur caleraient l'estomac ou les feraient passer de vie à trépas ; dans les deux cas, le bénéfice serait indéniable. Lorsqu'elle releva la tête, elle découvrit le dos d'une voleuse qui prétendait se servir. Elle s'arma d'une cuiller à pot et adopta l'une des positions qu'elle avait vu les adjoints du juge pratiquer quand ils s'exerçaient dans la cour de la résidence. L'intruse se retourna.

– La jeune maîtresse ! s'écria l'intendante. Vous n'êtes pas morte ?

– Je le serai bientôt si tu ne me donnes pas à manger. Pour trois personnes.

La servante des Ti n'était pas en droit de lui faire de reproches, elle emballa la moitié du plateau dans des feuilles de lotus.

– Comment mère prend-elle ma... dit la fugitive.

– Votre faute ? Comment croyez-vous qu'elle la prend ? Notre pauvre dame Lin pleure du matin au soir et s'arrache les cheveux. Quant à la Troisième, nous avons dû lui préparer des potions calmantes qui lui donnent des coliques.

Un sentiment de culpabilité commença à poindre chez la fugueuse. Elle savait pourtant qu'elle avait fait le bon choix. Une femme se devait à son mari, ou à celui qui, de toute évidence, était né pour le devenir. Cela passait avant le respect filial.

– La demoiselle des Ti doit me promettre qu'elle reviendra présenter ses excuses à notre maîtresse, dit l'intendante en lui remettant le paquet. Vous n'imaginez pas quels tourments nous avons endurés pour parvenir jusqu'à vous ! Nous avons bravé les éboulements, les bandits de grand chemin, la noyade et les invasions barbares !

Petit Trésor s'étonna d'apprendre que leur voyage avait été si périlleux. Pour sa part, elle avait cru flotter sur un nuage doré. Certes, pour ceux que l'amour ne soutenait pas, les efforts étaient plus pesants.

L'intendante se demandait ce qui retenait ainsi réfractaire Du. S'il avait été là, il aurait pu ceinturer la rebelle avec tout le respect dû à son rang et l'on aurait mis un point final à cette épopée désastreuse.

– Restez donc attendre votre mère, elle ne saurait tarder, suggéra-t-elle.

Petit Trésor était au contraire fort pressée de s'en retourner : elle avait des obligations auxquelles elle ne pouvait se soustraire. L'intendante s'étonna.

– Des obligations ? Envers d'autres personnes que vos parents ?

Petit Trésor se mordit la lèvre. Il était juste de dire qu'elle s'était mal conduite. Mais son mariage arrangerait tout. Elle promit de se jeter aux genoux de dame Lin à la première occasion.

– Faites que cette occasion se produise demain, à l'aube, avant notre départ, préconisa l'intendante.

Une fois qu'on l'aurait capturée, on pourrait rebrousser chemin vers Chang-an selon un trajet débarrassé de cette foule insupportable. Comme la demoiselle réclamait quelque chose de plus à manger, l'intendante fouilla un sac à la recherche de biscuits secs. Quand elle en eut trouvé, elle vit qu'elle était de nouveau seule. Petit Trésor avait encore disparu. Et, cette fois, elle avait emporté le dîner.

Ti avait besoin de renforts. Les recrues de Ma Jong n'étaient pas très efficaces. Les honnêtes gens ayant échoué à combattre le crime, il lui restait les autres. Il chercha quels roués il pourrait embaucher comme assistants provisoires. Le dernier auquel il avait été confronté avant ce grand déménagement s'appelait Du, trafiquant de légumes au marché de l'Est par profession. Un bandit qui avait réussi à faire circuler des concombres de contrebande, à tenir en échec les douanes, la police, et à s'en tirer sans être inquiété outre mesure, serait certainement d'un bon appoint pour l'administration. Il se fit montrer la liste des noms bannis. Du y figurait bien, comme il lui semblait s'en souvenir. Il ordonna à Ma Jong d'aller à sa recherche dans le camp des susnommés.

Le secrétaire Jiang annonça qu'une dame qui se disait son épouse demandait à le voir. Comme on se méfiait des hommes, des femmes et de tout ce qui y ressemblait, on l'avait mise en observation au poste de garde en attendant les ordres. Ti demanda qu'on la lui amène et fit servir le thé ainsi que des crêpes de saindoux à la ciboulette.

À voir l'état de sa Première, il se demanda quelle catastrophe avait pu la jeter dans un voyage qui ne s'était pas déroulé sans laisser des traces. Il ne pouvait se rappeler depuis combien de temps il ne l'avait pas vue si mal coiffée, la figure brunie par le soleil et le front plissé par la contrariété.

Le fait qu'ils aient tous deux assommé le général indiquait une similitude de points de vue qui expliquait la réussite de leur mariage. Cependant, jusqu'alors, elle lui avait abandonné la partie galopante de leur union, aussi avait-il du mal à imaginer les raisons d'un tel bouleversement.

Comme il se disait surpris de la voir courir la campagne alors qu'il l'avait crue au chaud dans le pavillon rouge, elle lui exposa le problème ménager nommé Petit Trésor, cette honte des familles mandarinales.

– Peut-être ma chère Première s'est-elle montrée un peu dure avec notre enfant chérie, ces derniers temps..., suggéra le mandarin.

– Il faut bien que je maintienne l'ordre de notre foyer au milieu d'un monde en déroute, rétorqua dame Lin.

La fuite de leur « enfant chérie » était contrariante. Si le bruit courait que Petit Trésor n'était plus vierge, elle ne pourrait accéder au rang de Première chez un homme de leur rang. Les règles de la société la condamneraient à devenir la concubine d'un lettré de deuxième catégorie ou, à la rigueur, la Première d'un marchand, cette caste méprisée. Cela serait pour les Ti une déchéance dans les deux cas. Encore fallait-il la retrouver, car, pour le moment, ni l'un ni l'autre ne l'avaient aperçue, au grand étonnement de dame Lin, puisque le convoi ne comptait que quatre ou cinq cent mille personnes.

Ti, pour sa part, s'interrogea sur les raisons qui avaient pu pousser sa fille à fuir la maison pendant la préparation d'une brillante union conjugale, un épisode toujours heureux dans la vie des jeunes femmes.

Dame Lin s'étouffa avec son thé.

À bien y penser, un seul motif pouvait pousser une demoiselle bien traitée, pas battue – ce qui avait d'ailleurs peut-être été une erreur de leur part –, à quitter une famille bienveillante. Bref, elle était partie avec un homme. Comment cela était-il possible ? Elle avait reçu une éducation parfaite : on ne la laissait voir personne, elle ne connaissait, de la gent masculine, que son auguste père, ses frères et des esclaves âgés, vilains, voire eunuques. Comme aucun de ces derniers n'avait disparu, il fallait qu'elle ait rencontré quelque suborneur. En fait, un seul employé avait quitté leur demeure en même temps que le magistrat. Ti exigea de voir Ma Jong sur-le-champ.

Quand celui-ci se présenta, dame Lin contempla le vieux briscard de son mari, dont la panse s'était enflée au rythme où ses cheveux se raréfiaient. Il lui était difficile d'imaginer que leur délicate orchidée s'était éprise de ce bonhomme ventripotent au point de contrevenir à l'obéissance.

Ma Jong déclara qu'il avait mis la main sur l'individu qu'on l'avait chargé d'interpeller.

– Ah, très bien ! dit son patron. Amène-le-nous.

Il ajouta à l'intention de sa femme :

– Pardonnez-moi de vous imposer la présence d'un scélérat : je recrute, en ce moment.

Ma Jong poussa réfractaire Du devant le magistrat. Dame Lin haussa ses sourcils peints.

– Vous avez arrêté mon guide ?

Ti se raidit sur son siège.

– Vous avez engagé mon voleur de concombres ?

Il souhaitait le récupérer, il en avait besoin. Dame Lin répondit que c'était très ennuyeux : elle l'utilisait comme factotum pour la conduire et la protéger à travers ces régions inhospitalières. Une faible femme devait s'appuyer sur un bras solide pour survivre à des troubles omniprésents.

Ti s'abstint de relever le terme « faible femme » ou de dire ce qu'il pensait du bras secourable qu'elle s'était choisi. Il voulait du renfort pour arrêter la meurtrière des princes, cela primait sur tout le reste.

– Et moi, il m'aide à récupérer notre enfant infortunée ! s'insurgea sa Première.

– Votre demoiselle a disparu ? laissa échapper le lieutenant. Quel malheur !

Cette exclamation dissipa les derniers doutes qu'on aurait pu nourrir à son sujet. Estimant que mari et femme ne devaient pas se fâcher pour un serviteur, les Ti se mirent d'accord pour trancher la question et prièrent Ma Jong de leur apporter un jeu de dominos. Le lieutenant s'empressa d'obéir, convaincu que c'était lui que l'on convoitait de part et d'autre. Il aurait été moins flatté s'il avait su qu'il était destiné à servir le perdant.

Au terme d'un combat acharné, Ti remporta la partie.

– C'est curieux, dit sa Première. Voilà des années que je bats vos concubines sans difficulté.

Son mari lui assura qu'il s'était vu plusieurs fois sur le point de perdre, ce qui était tout à fait exact. Heureusement, force restait à la barbe, surtout quand on pouvait dissimuler des pièces à l'intérieur.

Dame Lin se résigna à l'échange des adjoints. Après tout, Ma Jong connaissait la fugitive, il serait plus efficace pour mener les recherches. Et Ti n'était pas mécontent de troquer son lieutenant pour un acolyte plus jeune, plus alerte, à l'imagination plus éveillée.

Sa Première profita de l'heure tardive pour partager la tente de son mari. Elle envoya son nouvel assistant prévenir l'intendante de se coucher sans l'attendre.

Ma Jong s'en fut prévenir l'intendante qu'on l'autorisait à se coucher avec lui.

XXI

Le juge Ti traite des altesses comme des concombres ; il n'hésite pas à se mouiller pour ses administrés.

Petit Trésor avait un plan pour remonter le moral du trio qu'elle composait avec Maman Ping blessée et son danseur de sabre. Pour commencer, on arrangerait au plus vite un mariage qui chasserait leurs idées noires. Puis on irait voir son père en prétendant que Tigre Volant l'avait sauvée de quelque terrible danger ; on pourrait par exemple expliquer au mandarin qu'elle avait été enlevée par des barbares au long nez qui voulaient la vendre comme esclave dans une ville aux portes du désert ; le danseur l'aurait arrachée à leurs griffes grâce à son talent dans le maniement des armes, qui était incontestable. Enfin, ils s'installeraient tous trois dans le confort et la paix, qui permettraient à Maman Ping de recouvrer la santé. Elle ne cessait d'évoquer ses charmantes élucubrations. Étendue sur sa natte, la blessée demeurait muette. Le militaire émettait de temps à autre un mot d'approbation. Petit Trésor remarqua qu'il ne cessait jamais de s'occuper de la malade. Elle loua fort son dévouement et s'offrit à prendre le relais.

– Laisse-moi donc faire. Que tu es donc gentil ! Je connais une chanceuse qui gagnera bientôt un excellent mari.

Les regards de Maman Ping et du danseur se croisèrent à l'insu de Petit Trésor qui préparait une compresse.

L'aube commençait de blanchir le ciel, ils allaient devoir se remettre en route. Petit Trésor aurait voulu qu'ils restent en arrière, au moins pendant le trajet, mais Maman Ping s'y refusa et le danseur se rallia à son avis. Il fallait donc lui trouver un véhicule. Combien coûtait un chameau ? Une fortune, sûrement, dans ces circonstances.

Maman Ping sortit de sa ceinture une bourse qu'elle tendit à la jeune femme. À l'intérieur, Petit Trésor trouva plusieurs taëls. Le commerce des nouilles enrichissait davantage qu'elle ne l'aurait cru.

– Vous allez sacrifier vos économies ! déplora-t-elle avec tristesse.

Maman Ping répondit qu'un chameau était un bon investissement et qu'ils n'avaient pas le choix. Petit Trésor partit pleine d'allant à la recherche du moyen de transport dont sa protectrice avait besoin. Le danseur décida de l'accompagner. Avant qu'il ne quitte leur abri, Maman Ping le retint par le bras.

– Essaye de ne pas la faire souffrir. Elle ne veut que mon bien, cette petite.

Tigre Volant ne voyait pas ce qu'elle trouvait à cette jeune idiote. Elle s'y intéressait plus que lui, c'était le monde à l'envers.

– Elle me rappelle quelqu'un, dit Maman Ping. Son cœur est pur, elle est généreuse, passionnée, innocente, elle n'a pas encore été déçue par...

Elle évita de dire « par les hommes ».

– ... par l'amour.

Son amoureux profita de l'absence de la gêneuse pour l'embrasser.

Aux premières lueurs du jour, réfractaire Du reconduisit dame Lin à la palissade derrière laquelle elle avait failli passer la nuit. La tiédeur dont on jouissait sous la tente de commandement avait été fort appréciée, de même que la petite collation servie à leur réveil. De leur côté, l'intendante et Ma Jong étaient déjà en train de plier bagage. Ces deux-là, au moins, paraissaient bien s'entendre, contrairement aux rapports difficiles avec leur guide précédent. Sans doute réfractaire Du avait-il un caractère déplaisant dont sa patronne ne s'était pas rendu compte. Depuis qu'elles avaient été rejointes par Ma Jong, l'intendante était plus sereine et même souriante ; la permutation lui profitait visiblement.

La nuit avait été paisible, ils avaient seulement dû empêcher un chameau de grignoter leur palissade. Réfractaire Du expliqua qu'il avait attaché là cet animal, après avoir réussi à se le procurer – mieux valait ne pas demander comment – pour soulager les pieds et les genoux de dame Lin.

– Moi ? Sur un chameau ? s'insurgea l'épouse du chef de la police.

Soulager pieds et jambes, certes, mais cela s'opérerait au détriment de ses fesses et de son estomac, la démarche chaloupée de ces quadrupèdes étant connue pour vous infliger un terrible mal de mer. Elle refusa la monture et ordonna à réfractaire Du de la revendre immédiatement pour récupérer ce qu'elle avait coûté.

Il eut la chance, à deux pas de là, de rencontrer une jeune femme et un militaire qui lui achetèrent l'animal sans en discuter le prix. Il remit la moitié de la somme à son ancienne maîtresse en prétendant que les gens n'avaient plus un sou pour payer un bon chameau à sa juste valeur, puis il retourna auprès de son nouveau patron, l'humeur légère. Les affaires reprenaient.

Pendant ce temps, l'intendante avait résumé à madame Première la visite de Petit Trésor, la veille au soir. Dame Lin regretta la perte de réfractaire Du : il leur aurait été bien utile pour attraper la fugueuse, il avait bon jugement et bon bras.

Avant de mettre sur pied un plan pour retrouver la gamine, qu'il connaissait bien pour l'avoir vue grandir, Ma Jong pria sa patronne de lui expliquer la raison de cette disparition. Celle-ci lui répondit bien volontiers.

– Notre fille a été visitée en rêve par la déesse de la Piété filiale. Elle lui a ordonné de faire un pèlerinage afin de prolonger la vie de ses chers parents. Notre fille nous a donc quittés pour de pieux motifs et s'est jointe à ce cortège afin de ne pas voyager seule.

Un silence suivit ces mots.

– Ainsi donc elle s'est enfuie avec un homme ! s'écria Ma Jong. Vos Seigneuries doivent être bien contrariées !

Dame Lin fut surtout contrariée de voir que la version de la crise mystique n'avait pas tenu un seul instant. On pouvait heureusement compter sur ce vieux Ma, serviteur fidèle, pour garder le secret. Et, dans le cas contraire, on pourrait toujours lui faire couper la langue.

Une fois restauré, lavé, habillé, Ti annonça à réfractaire Du qu'il avait besoin de ses talents particuliers.

– Votre Excellence doit intercepter des concombres ?

– Non. Je dois intercepter un tueur insaisissable qui a mis à mal mes troupes habituelles et qui, soit dit en passant, est une femme.

Réfractaire Du se demanda s'il avait bien fait de refuser l'option « mines de sel » qui lui avait été proposée à la commanderie.

Ti détailla la mission. Lorsque le mandarin serait accaparé par la sécurité du convoi tout entier – ce qui n'était pas une mince affaire, Du avait pu le constater –, son nouvel assistant aurait pour tâche d'empêcher le Scorpion de s'attaquer aux princes Li. Du songea avec nostalgie à ses chers légumes délictueux. Le crime menait vraiment à tout, même aux carrières honnêtes. Il fallait croire qu'aucun domaine ne vous mettait tout à fait à l'abri d'un revers de la destinée.

Ti continuait d'appeler l'assassin « le Scorpion » pour sauver les apparences. Après tout, on appelait bien la Sainte Mère « empereur ». Cet abus de langage servait la conservation de leur orgueil mâle, Confucius n'ayant prévu le triomphe des femmes dans aucune partie de ses *Entretiens*.

Alors que Ti commençait à s'inquiéter de ne plus voir aucun cavalier, une ordonnance du général vint l'avertir que Pei les avait tous envoyés devant en éclaireurs par la route de montagne. Il désirait s'assurer qu'aucun guet-apens n'attendait le convoi, et donc que son chariot ne risquerait pas d'être poussé dans le ravin. D'une certaine manière, il avait été bien inspiré : un glissement de terrain avait empêché leurs chevaux de rebrousser chemin. On les retrouverait à l'étape suivante, il n'y avait pas d'autre choix.

Les glissements de terrain mal à propos étaient une circonstance inquiétante. Ti supposa que les saboteurs venaient de démunir les marcheurs en prévision d'un nouvel attentat perfide. Il alla s'entretenir de la situation avec l'autorité militaire responsable de ce nouveau déboire.

Le char était entouré des deux derniers cavaliers, qui auraient été bien utiles pour veiller sur les princes. Ti les réclama à leur chef à travers l'échancrure du rideau qui fermait le véhicule.

– Leurs Altesses n'ont pas besoin de protection ! rétorqua Pei. Qui oserait s'attaquer à des personnes d'un si haut rang ?

Toute réponse vraisemblable aurait été une injure envers le trône. Ti était coincé. Il ne lui restait plus qu'à espérer que réfractaire Du se montrerait aussi efficace pour la contrebande d'altesses princières qu'il l'avait été avec les concombres.

Le général n'avait jamais cessé de se tenir informé depuis son lit ambulant. Ce qu'il appelait « les échecs du juge Ti » alimentait sa fureur. En revanche, il lui importait de respecter les ordres de son médecin, que ses rechutes inquiétaient, et comptait donc rester alité, ce qui lui évitait de devoir mettre le nez dehors. En revanche, la peur lui rendait de sa virulence.

– Non, vraiment, dit Pei, je ne peux pas vous laisser commander ce convoi, nous courons à notre perte !

Il entendait diriger les opérations depuis sa roulotte. Ti répondit qu'il comprenait parfaitement. Il le remercia de vouloir l'aider malgré sa mauvaise santé. L'humble mandarin qu'il était allait se mettre en retrait et laisser le héros du pont de la Vieille-Chouette prendre la tête des troupes qu'il leur restait.

Il ordonna aux gardes de faire marcher le chariot tout à l'avant du cortège. De cette façon, le général serait le premier à payer pour les erreurs qu'il commettrait.

Réfractaire Du prit, pour la protection des princes, des mesures inspirées de son passé de voleur.

– Il convient de se fondre dans la population des légumes... des quidams, préconisa-t-il.

Sur ses conseils, Ti supplia Leurs Altesses de bien vouloir endosser des robes écrues de roturiers. On en gémit davantage qu'on ne l'aurait fait devant la hache du bourreau. Une belle exécution n'était pas déshonorante, contrairement à la chute du rang de papillon vêtu de soie chamarrée à celle de terne cloporte. Une scission se fit parmi eux. Le duc de Chouang refusa de passer inaperçu, il refusa de déchoir en se mêlant au peuple et, par-dessus tout, il refusa d'obéir aux injonctions d'un petit mandarin de deuxième catégorie dont le grand-oncle n'avait pas conquis l'empire de Chine.

Son grand-oncle n'avait peut-être pas conquis la Chine, mais Ti savait qu'une attitude irréfléchie n'offrait pas de bonnes perspectives de survie en milieu hostile. Le duc de Chouang s'étant retiré, l'un de ses cousins s'informa du nouveau conseiller aux métaphores potagères :

– Pourquoi l'appelez-vous « réfractaire » ?

Ti expliqua que l'individu à qui il confiait leur avenir était un condamné en suspension de peine qui avait refusé d'obéir à l'édit de déplacement populaire. Cette résistance à l'impératrice fit du trafiquant le premier homme sympathique qu'ils rencontraient depuis le début du voyage.

Tandis que Leurs Altesses se changeaient, Ti vit passer une personne enturbannée que l'on avait arrimée entre les bosses d'un chameau. L'animal était conduit à la main par un jeune homme qui portait un grand sabre à la ceinture. Une jeune femme encapuchonnée suivait. Cela rappela au mandarin qu'il devait se trouver un moyen de locomotion, les cavaliers ayant pris la plupart des chevaux. Le palanquin était trop peu maniable, la marche, fatigante. Il s'installa à l'arrière d'une charrette, contre un entassement de ballots qui menaçait de l'ensevelir.

Puisque la route de montagne était éboulée, le chariot du général Pei emprunta la route de la plaine, qu'on avait éliminée la veille parce qu'elle croisait la rivière à un endroit dépourvu de pont où le courant avait la réputation d'être assez fort.

Après plusieurs heures de marche sous un crachin désagréable, le cortège atteignit le cours d'eau. Un bac était échoué sur la rive.

– Oh, mais l'intendance a prévu large, dites-moi, observa le mandarin.

Un bonhomme assis sur le bac les informa que la terrasse flottante était normalement tirée par de solides chevaux, mais ceux-ci leur avaient été volés la nuit précédente. L'absence de la cavalerie se fit alors cruellement sentir.

– Chez les fourmis, dit le secrétaire Jiang, une partie de la colonie se sacrifie pour confectionner un pont avec son corps.

– On pourrait lancer une nouvelle loterie de noms, suggéra réfractaire Du. Sacrifions les Tcheng : ils sont costauds et mangent trop.

– Assez de loteries ! déclara le juge.

La berge portait des traces d'activité. Ti demanda au gardien du bac où étaient les hommes censés manœuvrer ce plateau et soigner les animaux. L'homme désigna les toits d'un hameau dans le lointain. Les villageois gagnaient leur vie comme passeurs, soit comme guides à pied, soit comme porteurs. Le vol et l'annonce de la marée humaine les avaient incités à se calfeutrer chez eux. Ti l'envoya leur dire de ne pas s'effrayer et de venir tout de suite gagner leur vie pour la plus grande gloire de l'empire.

Quand les villageois se furent décidés, on commença à franchir gué selon sa condition et selon sa bourse. Les eaux impétueuses charriaient de grosses pierres qui fauchaient les pieds des voyageurs et rendaient le passage infernal. Les plus pauvres se tinrent par la main, leur guide en tête de file. L'inconvénient était que l'eau leur montait jusqu'à la poitrine. De plus fortunés se juchèrent sur les épaules de leur passeur, avec le risque de se mouiller les fesses. D'autres se firent porter sur un plateau, comme les bols dans une auberge. Il y en avait de confortables, à seize portefaix, de plus modestes, à huit, et de petits, à quatre. Les plus chers étaient peints ; le dernier, en simple caillebotis de bois blanc. Les princes remontèrent simplement dans leurs palanquins, que l'on ferma soigneusement pour éviter à Leurs Altesses d'être éclaboussées.

Afin d'accélérer le mouvement, Ti eut l'idée de tendre une corde qui servirait de guide aux plus démunis.

– Comment faites-vous pour être si brillant ? s'extasia le secrétaire Jiang.

– On ne peut demander à la vache comment elle donne du lait : elle vous répondra qu'elle mange de l'herbe.

Alors que Ti se dépensait pour organiser la traversée des déportés, des questions de préséance entre familles se firent jour. Quand les Tcheng se présentèrent pour passer, un scribe coiffé d'un joli chapeau rouge leur barra la route. Il leur annonça que le magistrat avait décidé de les faire traverser après les Po, qui valaient mieux qu'eux. Pris à parti, ces derniers confirmèrent qu'en effet ils valaient mieux que les Tcheng. La dispute qui éclata entre les deux groupes menaça de s'étendre aux Ling, et les Shan prévinrent que, si cela devait arriver, ils s'en mêleraient eux aussi. On s'acheminait vers un affrontement général entre les clans. Les injures pleuvaient de part et d'autre.

– Les Tcheng sont des fils de p… qui ne méritent même pas de torcher le c… des Po !

– Les Po sont des androgynes conçus par une tortue hermaphrodite un soir de beuverie !

Le reste se perdit dans les cris et les coups. Le mandarin fut averti de la situation alors même que la rixe prenait les proportions d'une bataille rangée.

– Que faire ! Que faire ! répétait le général Pei, en chemise de nuit, qui agitait son sabre sans savoir sur qui l'abattre.

Le secrétaire Jiang fit une suggestion.

– Décrétons que les Tcheng sont les offenseurs, tuons-en un sur dix, le convoi se remettra en marche dans la félicité !

En dépit des indiscutables prédispositions de ce jeune homme pour la justice chinoise, Ti décida de ne pas suivre le conseil. On ne peut extirper la mauvaise herbe qu'en la prenant à la racine. Il se fit expliquer ce qui avait provoqué cette catastrophe.

– Ce sont vos ordres, noble juge, affirma l'un des sbires.

– Quels ordres ?

– Celui de faire traverser les Po avant les Tcheng au motif que ceux-ci sont d'une lignée moins noble.

– Jamais je n'ai dit cela ! Des lignées nobles, chez les gens du peuple ! Quelle idée ! Ces gueux ont perdu la tête !

On lui montra le scribe au chapeau rouge qui contemplait la bataille avec intérêt. Se voyant observé, l'homme se glissa entre les Ling et les Shan pour s'esquiver. Ti reconnut son faux marchand de kumquats.

– Arrêtez-le !

Gêné par l'affluence des belligérants, le faux marchand-faux scribe entra dans la rivière et partit vers l'autre rive.

– Prenez-le vivant ! ordonna le juge. Je le veux vivant ! C'est un témoin !

Comme ses troupes rechignaient à s'engager dans une poursuite crawlée, Ti ôta sa robe de dessus en toute hâte et se jeta lui-même à l'eau, bien qu'il manquât d'entraînement. Il avança aussi vite que possible sur la portion où l'on avait pied, glissa plusieurs fois dans la vase, mais se releva et reprit son effort, porté par la colère contre l'impudent qui s'ingéniait à saboter son travail. Celui-ci était sur le point de lui échapper : il avait atteint les eaux profondes et nageait avec une vigueur dont Ti se savait incapable.

Depuis la berge, on lui enjoignait de revenir se mettre à l'abri. Il ignora les appels et continua d'avancer. Après tout, si l'autre était passé, il ne voyait pas de danger à marcher dans ses pas. C'était oublier les cailloux et les déchets charriés par la rivière, qui lui cognaient les jambes de plus en plus violemment. Il avait à présent de l'eau à la moitié du torse. Si une branche le renversait ou l'assommait, le courant l'emporterait et il se noierait avant qu'on n'ait pu lui porter secours. Il était sur le point de commencer à nager quand il sentit qu'on le retenait par l'épaule.

– N'allez pas plus loin ! dit l'homme qui l'avait rejoint. C'est la mort qui vous attend !

Ti regarda avec désespoir le fuyard se rapprocher de la rive opposée. Le saboteur avait de nouveau pied, quelques instants lui suffiraient pour être au sec. Ti décida de continuer coûte que coûte. Cette fois, son acolyte le tira en arrière. Ti allait s'emporter contre l'insolent quand il fut frôlé par un tronc dérivant. Le fugitif, dont l'attention était accaparée par sa progression, fut heurté de plein fouet par une branche d'un autre arbre. Étourdi par le choc, il mit le pied dans un trou, fut englouti, reparut à la surface, fut emporté par le courant, lança un ou deux appels à l'aide, si bien que sa bouche se remplit d'eau, et il coula.

Ti regagna le bord en se retournant fréquemment pour voir s'il réapparaissait. Des paysans parvinrent à agripper le corps à l'aide de perches, le tirèrent hors de l'eau et firent « non » avec les bras.

– Dites qu'on m'apporte sa dépouille, ordonna Ti.

On lui donna des linges propres, mais il n'eut pas le temps de se sécher. Le fait que leur mandarin s'exerce à la natation n'avait pas suffi pour que les furieux interrompent leur combat. Ti suivit la mêlée en se demandant s'il allait devoir plonger dans ce bain-là comme il l'avait fait dans l'autre. Cela aurait été une forme de suicide plus certaine encore.

Les dieux compatissants eurent la bonté de changer le crachin en orage pendant qu'il restait quelqu'un de vivant chez les Tcheng et chez les Po. Les combattants s'empoignèrent un moment dans la bouillasse, jusqu'à ne plus pouvoir se reconnaître les uns des autres.

Le plus difficile fut alors de ramasser les cadavres sous la pluie.

XXII

Le juge Ti harangue une assemblée de vers de terre ; il découvre un nid de scorpions.

Ceux qui étaient encore en route quand l'orage avait éclaté s'étaient massés sous les frondaisons des arbres trop rares qui poussaient à la lisière des champs. Serrés comme des radis en botte, ils avaient contemplé d'un œil morne l'écran gris de la pluie en grelottant de froid, jusqu'à ce qu'une accalmie leur permette de reprendre leur progression sur un chemin détrempé. Quand ils arrivèrent à la rivière, le campement ressemblait à un hôpital de campagne. Du haut de son chameau, Maman Ping constata que les déportés n'avaient plus besoin d'elle pour connaître une fin brutale. Au milieu de ce désordre, il paraissait impossible d'accéder aux princes. Elle n'en avait d'ailleurs plus vu depuis le matin. Elle supposa qu'il y avait là une ruse du mandarin perfide, mais elle ne pouvait y faire grand-chose : sa blessure la faisait souffrir à chaque mouvement, la perte de sang l'affaiblissait, il lui aurait fallu du repos.

L'absence d'abri les livrait à l'humidité glacée omniprésente. Après avoir installé son amie sur une natte, Petit Trésor entreprit de nettoyer sa plaie tout en lui expliquant qu'elle ne devait pas s'inquiéter pour l'avenir : papa-juge, le puissant fonctionnaire, étendrait sur elle sa protection, elle n'aurait plus à cuisiner au bord des routes pour des gens de peu, la bonté qu'elle avait eue pour la jeune femme lui serait rendue au centuple. Maman Ping la remercia pour ces promesses d'un changement de vie qui s'annonçait magnifique.

Ses membres étaient froids et rigides. Tigre Volant eut la présence d'esprit de s'allonger contre elle pour lui donner un peu de sa chaleur tout au long de la nuit. Ayant loué son à-propos et sa générosité, Petit Trésor s'étendit à son tour contre lui et le serra dans ses bras avec un sentiment de profonde félicité. Elle enlaçait les deux êtres qu'elle aimait le plus au monde, les personnes les plus adorables et les plus fidèles qu'elle ait jamais rencontrées. Quand la blessée se fut endormie, elle évoqua à l'oreille du danseur ses projets de mariage. Elle espérait régler ces noces au plus vite afin de se mettre en règle avec le Ciel et avec les hommes. Son fiancé ayant approuvé toutes ses résolutions, elle se laissa glisser dans le sommeil, un sourire aux lèvres.

Le mariage était une bonne idée. Tigre Volant en avait une, lui aussi, pour aider leur chère amie.

Ti, de son côté, passait la nuit en moins riante compagnie. Il s'était fait apporter le noyé. Si le faux marchand de kumquats avait refusé de parler de son vivant, son cadavre se montrerait peut-être plus bavard. Le juge fit ôter tous ses vêtements, dont il examina le tissu et la façon avant de s'intéresser au corps. La nuque était rasée, les ongles nets, les doigts point abîmés par des travaux manuels, il avait la peau claire d'un homme qui ne s'expose pas à la morsure du soleil, les pieds propres, sans durillons, et ses membres ne portaient pas de cicatrice. Ce marchand-là avait passé sa vie dans le lin et dans la soie. Ti avait déjà établi qu'il savait lire et connaissait la titulature des mandarins. C'était un fonctionnaire.

Ti sortit de sa propre manche le sceau de jade trouvé dans le panier des kumquats. Cette crapule avait du goût, ce n'était pas n'importe qui. Pour qu'un lettré se mêle d'assassinats sordides, on avait dû lui promettre un poste vraiment extraordinaire. Ses commanditaires devaient se situer au sommet de l'État. Ti se demanda quelle fatalité le poussait toujours à s'attaquer à plus puissant que lui.

Un campement boueux et froid n'était pas un bon endroit pour soigner coupures, fractures et hémorragies. Beaucoup de blessés ne virent pas le soleil se lever. Les abords du bivouac se changèrent en cimetière. Le secrétaire Jiang voulut savoir si Ti punirait les Tcheng et les Po pour avoir déclenché une rixe qui avait semé la mort dans leurs communautés, ou s'il se contenterait de sanctionner l'un des deux clans avec sévérité, pour faire un exemple.

Le juge annonça son intention de régler la question sans exécuter quiconque : chaque vie confiée à lui au départ et qui manquerait à l'arrivée constituerait à ses yeux un échec personnel. Jiang soupira. Il avait déjà remarqué que ce mandarin choisissait toujours la voie la plus difficile.

Pour commencer, puisque ni les Tcheng ni les Po n'acceptaient de laisser l'autre groupe franchir la rivière avant lui, Ti résolut de les faire traverser tous ensemble. Il revêtit son plus bel habit rouge à ceinture de jade, et deux gaillards le hissèrent sur un chariot. Il prit la pose d'un « juge des Enfers mécontent » similaire à ce qu'on pouvait voir dans la plupart des temples. À cet égard, les innombrables représentations religieuses destinées à impressionner le peuple aidaient bien. On prêtait généralement aux dieux une longue barbe noire qui les assimilait à des sortes de patriarches au caractère chatouilleux. Avec son chapeau noir à ailettes, il avait tout d'une divinité déçue par les faiblesses d'une humanité incapable d'appliquer les vertus que le Ciel tâchait de lui inculquer à coups de tempêtes, de cyclones, d'éclairs, d'éruptions volcaniques et de séismes.

N'ayant pas de séisme dans le choix de sanctions à sa disposition, il leur infligea un long pensum moralisateur. Qu'il était donc difficile de se dévouer pour les gens ! Certains jours, il regrettait de ne pas avoir opté dès sa jeunesse pour une paisible carrière d'éleveur de chameaux ; voilà un animal qui ne vous crachait pas au visage en remerciement de vos bons soins. Heureusement, son auditoire était d'autant plus influençable que ces Tcheng et ces Po étaient tous en deuil de quelque proche tombé dans la bataille.

– Vous n'avez aucun sens de l'intérêt collectif ! Que penserait notre Sainte Mère ? Que penserait l'Empereur jaune qui trône au-dessus des nuages ? Voyez comme vous désespérez ceux qui veillent sur vous !

– Et le Bouddha, lui souffla le secrétaire Jiang.

– Et le Bouddha aussi ! ajouta Ti, prêt à accepter ce jour-là le renfort de prophètes d'importation dont il avait plutôt coutume de se méfier. Le Bouddha pleure à chaudes larmes quand il vous voit vous détruire les uns les autres ! Tout ça est très mauvais pour votre karma ! Je m'adresse ici à une future assemblée de vers de terre !

Certes, le discours était outré, mais ce genre de prédiction passait très bien auprès d'une population familière des paraboles taillées à la serpe.

– Ça prend ! Ça prend ! lui souffla Jiang.

– Je regarde les Tcheng et que vois-je ? Des limaces ! reprit le mandarin, content de son effet. Les Po ? De répugnants moustiques ! Et tous les autres, de la viande pour les poules !

Le secrétaire tira sur le bas de sa robe : c'était assez. Il était inutile de prédire à chacun son avenir dans le grand cycle de la réincarnation. Le prédicateur des vertus karmiques abandonna le volet mystique de sa diatribe pour entamer celui qui portait sur les offenses envers les magistrats impériaux. Il décréta une journée de pause de part et d'autre de la rivière pour pleurer les disparus, enterrer les cadavres et apaiser les esprits des vivants comme des morts. Sans compter qu'on avait toujours un cours d'eau à traverser et qu'on aurait été bien en peine de reprendre la route, embourbé qu'on était sur ces rives aqueuses.

Pour l'heure, il avait besoin de moyens de transport pour les victimes. Cette question le poussa à aller prendre des nouvelles des princes, cet autre face de ses tourments. Il les trouva qui prenaient le thé à distance d'oreille de l'amusant petit discours qu'il venait de servir à ses administrés. Ses efforts de rhétorique les avaient mis de bonne humeur, ils prolongeaient ce bon moment par un concours de devinettes.

– Qu'est-ce qui est le plus éloigné, Chang-an ou le soleil ? demanda l'ancien gouverneur du Pinglu.

– Le soleil, répondit l'un de ses cousins. Je n'ai jamais entendu parler de quelqu'un qui soit revenu du soleil.

– Chang-an, répondit le prince. Quand je lève les yeux, je vois le soleil, mais je ne vois pas Chang-an.

Ti admit en son for intérieur que leurs chances de retourner un jour dans la capitale étaient à peu près égales à celle d'aller visiter l'astre du jour. Comme ils étaient bien disposés, il obtint l'autorisation de distribuer les blessés dans les véhicules qu'ils avaient désertés : les palanquins aux emblèmes nobiliaires se combinaient mal avec leurs déguisements de roturiers. Il fit suspendre sur chacun de ces équipages une banderole de drap blanc où l'on pouvait lire « Soins aux malades », pour le cas où la Scorpione se serait avisée de frapper à l'aveugle quiconque s'y trouvait allongé.

Le danseur de sabre aurait aimé aider Maman Ping à remplir sa mission, afin qu'elle n'essuie pas la colère de ceux qui la lui avaient assignée. Il ignorait au juste quelle rétribution lui avait été promise. Ils avaient beau se fréquenter depuis plusieurs mois, elle ne lui parlait jamais de sa vie matérielle. Il s'en remettait à son imagination, qui lui faisait entrevoir une quantité d'or ou de soie assez importante pour leur permettre de recommencer leur vie sur un grand pied dans une province éloignée.

Un marché s'était organisé à la limite du camp. Tigre Volant circula un moment parmi les étals improvisés où les voyageurs exposaient le peu qu'ils avaient à vendre ou à troquer. On échangeait des brûle-parfums contre des nouilles, les légumes secs se négociaient à coups d'amulettes porte-chance. Il finit par repérer des princes déguisés en gens du peuple, dont le maintien, l'élocution soignée et les barbes fines ne passaient pas tout à fait inaperçus. Comme on était là pour la journée et qu'elles n'avaient rien à faire, Leurs Altesses étaient venues se distraire au spectacle des bateleurs.

Ici et là, des artistes interprétaient des « contes du tambour », légendes chantées, mimées et scandées à l'aide d'un tambourin et de castagnettes en fragments de socs usés. Tigre Volant avisa un petit groupe de musiciens et leur enjoignit de s'associer avec lui : à eux tous, ils recueilleraient un plus grand succès. Il pria les badauds de s'écarter et disposa sur le sol le matériel dont il avait besoin. Les curieux s'attroupèrent lorsqu'il enfila le costume pourpre à ceinture dorée nécessaire pour incarner un militaire de rang élevé.

Il avait choisi la danse du « prince de Lanling ». Le héros était un général célèbre pour avoir remporté une victoire décisive à la tête de son armée du Nord, quelques décennies auparavant. Cela se dansait sur un air patriotique intitulé « Le prince de Lanling traverse l'armée ennemie ». La traversée ne s'étant pas faite dans la douceur, Tigre Volant brandissait alternativement une longue épée, un poignard courbe et un fouet qu'il faisait claquer tout en exécutant des figures et des bonds acrobatiques qu'il maîtrisait à la perfection. Ce genre de performance appartenait à la catégorie « vigoureuse » des danses répertoriées par le bureau des Divertissements. Le spectacle atteignit son paroxysme lorsque, au lieu de lancer son poignard en l'air, il le ficha dans la bedaine d'un des spectateurs et s'enfuit à travers la foule.

– Arrêtez-le ! cria un compagnon de la victime. Il a tué un membre de la famille impériale !

Son habit chatoyant ne lui permettait guère de se fondre dans l'assistance. Un badaud lui fit un croche-pied, quelques grosses paluches se refermèrent sur lui. Les gens étaient d'avis de l'étrangler tout de suite. Ils étaient excédés par ces épreuves, ne comprenaient rien à ce qui arrivait, on les avait chassés de chez eux, on leur imposait une randonnée interminable, les ponts s'effondraient, et maintenant on les tuait ! Cet assassin fou incarnait à leurs yeux toutes les injustices dont on les accablait, il profitait de leurs misères pour les tourmenter davantage.

Alerté par la rumeur publique, le secrétaire Jiang s'efforça de leur soustraire le meurtrier.

– Au nom du chef de la police, je vous somme de me livrer cet homme !

Les exilés se dirent qu'un bon découpage en lamelles dans les règles judiciaires serait aussi une bonne distraction. Jiang parvint à différer le supplice promis au danseur et à faire traîner ce dernier jusqu'aux pieds du magistrat.

– Vous tenez le Scorpion ? demanda Ti lorsqu'on poussa devant lui, sans ménagement, un individu au visage tuméfié qui avait les mains liées dans le dos.

Quand on eut relevé la tête du suspect, le juge vit que ce n'était pas une femme. D'où sortait-il, celui-là ? Combien y avait-il de tueurs, dans ce convoi ? C'était à se demander si l'on y rencontrait davantage d'honnêtes gens que de bandits maléfiques. Ce jeune homme avait des traits réguliers, quoique abîmés par des claques et des coups de savates. Ti se dit que les assassins avaient décidément d'aimables frimousses, cette année. S'étant fait résumer les faits, il conclut que cette jolie tête était destinée à se poser bientôt sur un billot.

Puisque le bruit courait que le Scorpion venait d'être arrêté, il décida de ne pas démentir. L'atmosphère était tendue, une bonne nouvelle ramènerait un peu de paix.

Il reçut aussitôt la visite d'une délégation de princes qui se félicitèrent de n'avoir plus à redouter un assassinat. Ce sentiment-là nécessitait quand même une rectification, ou bien le peu de précautions que Ti avait réussi à leur faire prendre serait abandonné.

– J'ai le triste devoir d'annoncer à Vos Altesses que cet homme n'est pas le Scorpion.

On s'étonna. On l'avait vu poignarder leur cousin, le duc de Lingnan, quelques instants plus tôt. L'un d'eux gifla le prisonnier agenouillé dans la poussière.

– Qui est ton complice ? Pour qui travailles-tu ? Réponds à tes seigneurs !

Le danseur resta muet. Puisqu'ils avaient du temps libre, les princes insistèrent pour le faire torturer sur-le-champ afin de garantir leur sécurité. Ti ne pouvait leur refuser cette petite faveur bien naturelle. Il promit que son bourreau s'en occuperait dans le courant de la journée.

– Votre Excellence se transporte avec son bourreau ? nota l'un d'eux. Voilà qui est d'une prévoyance très judicieuse !

Ti leur assura que son bourreau et sa chaufferette pour les pieds étaient les deux choses sans lesquelles il ne se déplaçait jamais.

XXIII

Une demoiselle voit ses fiançailles menacées par les foudres judiciaires; elle connaît les désillusions du mariage.

Dame Lin, son intendante et Ma Jong avaient résolu de mettre cette immobilité à profit pour rechercher la fugitive. Ils espéraient que le calme serait plus propice que la bousculade incessante des longues marches. Aussi furent-ils déçus de constater que le camp était agité de sursauts convulsifs, notamment du côté du marché, où la foule, pour un motif obscur, s'en prit à des bateleurs et à des musiciens. Ils virent passer un brancard où gisait un digne personnage qui avait un poignard planté dans la bedaine. Décidément, ce grand déménagement n'inspirait pas de beaux sentiments, on les faisait voyager avec une bande de brutes assoiffées de sang.

Madame Première laissa les excités s'éloigner en direction des tentes de commandement et s'intéressa aux rares étals de luxe qui avaient éclos sur cette prairie détrempée. Des articles pour dames et des fanfreluches de seconde main y étaient proposés à des prix tout à fait dérisoires – on acceptait même en paiement les sacs de légumes secs. Elle s'attarda devant la marchandise d'une femme Du. Cette commerçante avait réuni un lot d'ornements de mariage qu'on ne se serait pas attendu à voir en un tel lieu. Lin Erma fouilla ses manches avec l'intention de s'offrir une belle épingle en nacre qui serait plus à sa place dans son chignon que parmi ce bric-à-brac. Alors qu'elle tendait la main vers l'objet convoité, une autre acheteuse s'en saisit et demanda à la vendeuse combien elle en voulait. Dame Lin était sur le point de protester quand elle reconnut en l'insolente la personne à qui elle n'avait cessé de penser depuis son départ, la cause de tous ses déboires, sa chère fille cadette. Ses doigts se refermèrent sur le poignet de l'évaporée comme les serres du dragon sur le sceptre d'or du dieu de la pluie.

– Par ici ! Je la tiens ! Venez vite ! cria-t-elle.

Petit Trésor la contemplait avec des yeux de souris effrayée par le hibou. Mme Du, la commerçante, avait rarement vu une dispute entre acheteuses dégénérer aussi vite. Elle supposa que la grande sèche appelait la garde, aussi se hâta-t-elle de remballer la marchandise, peu soucieuse d'entendre les autorités l'interroger sur la provenance de ses fournitures.

D'une brusque bourrade, Petit Trésor fit tomber madame Première en arrière. Celle-ci lâcha prise afin d'amortir sa chute et se retrouva étendue dans la bouillasse, toujours criante, plus furibonde que jamais, une douleur aux fesses en surcroît. La fugitive aux abois s'encourut entre les étals, sous le regard ébahi des Du. Alors qu'elle passait près d'un chariot où l'on proposait des tissus huilés très utiles pour se bâtir un toit contre la pluie, une ombre s'abattit sur elle. Elle ne vit plus rien, se sentit entravée et tomba en avant. L'intendante, pendant que sa patronne succombait au charme de la bijouterie d'occasion, avait préféré s'intéresser au matériel de campement. Elle s'était servie d'une des toiles pour attraper la fuyarde comme dans un filet à papillons.

– Je la tiens ! cria-t-elle. Je la tiens !

Dame Lin arriva au pas de course, crottée depuis les pieds jusqu'à la taille.

– Bravo. Vous aurez une prime. Maintenant, veuillez lâcher ma fille.

L'intendante se rendit compte que sa manière de tenir une demoiselle de la noblesse n'était pas conforme aux bons usages. Elle attendit néanmoins l'arrivée de Ma Jong, afin que les bras du lieutenant prennent sa relève.

– Petite écervelée ! s'écria dame Lin en découvrant la figure de sa cadette, une fois la toile rendue à son propriétaire. Imagines-tu que la Troisième n'a d'autre choix que de se jeter dans la rivière pour laver son déshonneur ? Quand je l'ai quittée, elle hésitait entre se pendre ou s'ouvrir les veines !

Petit Trésor baissa la tête.

– Vous lui direz que je suis désolée de lui causer ce chagrin, répondit-elle tout bas.

– Tu le lui diras toi-même, mauvaise fille ! Tu vas retourner à Chang-an à genoux et te prosterner à ses pieds pour implorer son pardon.

On n'aurait pas jugé inopportun qu'elle s'entraînât tout de suite.

Penché sur la carte, Ti essayait d'établir un parcours peu coûteux en vies humaines quand il fut dérangé par des éclats de voix. Sa Première pénétra sous sa tente d'un pas de conquérant. Elle était suivie de Ma Jong, qui tenait l'évadée par le bras.

Dame Lin accepta quelques compliments sincères pour la réussite de sa mission, puis elle laissa la fugueuse se faire frotter les oreilles par son père et s'en fut voir quel repas on avait prévu pour ce dernier.

Petit Trésor s'agenouilla et posa les mains sur ses cuisses en signe de contrition.

— Votre fille a le devoir de vous annoncer qu'elle n'est plus en état d'être mariée.

— Nous allons faire couper la tête à ce jeune homme, dit Ti. Il faudra couper une autre partie de son anatomie et l'envoyer à ta mère, elle la réclame.

En attendant, le délinquant allait être accusé de viol, en plus d'enlèvement.

— Je supplie Votre Excellence Papa de ne pas faire de mal à mon époux.

Ti ne croyait pas qu'elle pût s'estimer mariée, quelle qu'ait été son intimité avec son ravisseur. Il jugea à propos de lui rappeler le sens de l'hyménée.

— Le mariage, ce n'est pas une histoire d'amour entre un homme et une femme. Ce sont deux hommes qui se rencontrent ; ils se jaugent, ils s'apprécient, ils apprennent à se connaître, ils veulent se voir plus souvent... et puis ils marient leurs enfants, ce qui est un bon moyen commode de resserrer leurs liens.

Il laissa sa fille réfléchir à cette définition et s'adressa à son lieutenant.

— Au fait, mon bon Ma, tu tombes bien : nous avons un prisonnier à torturer au plus vite.

On leur amena le criminel aux mains liées. La demoiselle des Ti vit que son père avait déjà fait connaissance avec son fiancé : il l'avait fait ficeler et le détenait sous l'accusation d'assassinat. Elle remit à plus tard l'évocation de ses projets conjugaux.

Ti la renvoya avec la promesse de discuter de son avenir dès leur arrivée à Luoyang, quand ils ne seraient plus poursuivis par des tueurs. Elle le quitta la tête basse, mais la releva dès qu'elle eut le pied dehors, fit le tour de la tente et observa ce qui s'y passait à travers une déchirure.

Le juge ordonna à son lieutenant de remplir l'office du bourreau affecté aux interrogatoires. Il employait, en ville, du personnel qualifié, mais, en voyage, il fallait se contenter des moyens disponibles. Il présenta par avance au prévenu ses regrets de ne pouvoir lui fournir un tortionnaire qualifié et patenté ; on s'efforcerait néanmoins de le maintenir en vie jusqu'à l'obtention d'aveux circonstanciés, conformément à la procédure inscrite au code des Tang.

La règle était simple : pas de réponse, des coups de bâton ; mauvaise réponse, une gifle ; réponse insolente, un coup sur la bouche. Ti rechignait à donner dans ces méthodes, pourtant recommandées par la loi, mais il était pressé. Quand on avait le sort de quatre cent mille personnes sur les bras, on n'avait pas le temps de ménager les assassins. Les cris de l'accusé s'entendirent jusque chez les princes. Ces derniers se réjouirent de voir enfin le mandarin prendre des mesures en faveur de leurs intérêts.

Quoique le danseur de sabre ait été décidé à ne rien dire, Ti parvint quand même, à force de claques et de déductions, à comprendre qu'il avait pour complice une marchande de nouilles assistée d'une servante stupide.

Petit Trésor avait suivi les débats en se mordant la main. L'entretien terminé, on enferma son amoureux dans une cage en bambou qui n'avait rien d'une chambre nuptiale. Bien sûr, Tigre Volant était innocent de ces accusations sordides – c'était un être si bon, si doux ! –, mais ces malentendus mettaient en péril leur vie commune. Elle avait déjà tant de mal à imaginer de quelle manière convaincre son père d'accepter une union dictée par l'amour ! On pouvait dire que les situations légale et géographique du fiancé n'arrangeaient pas les choses. Comment annoncer à la famille que la cérémonie allait devoir se dérouler à travers des barreaux, que le cadeau le plus apprécié serait la commutation de sa peine en servitude à vie, et que la lune de miel aurait pour destination les mines de sel ?

On appela pour le repas : les galettes de fécule cuites à la vapeur étaient prêtes. Par ces temps de disette, le moment était sacré. Les alentours de la cage en bambou furent désertés, seul un garde armé d'une lance demeura assis devant la porte. Ce militaire salua Petit Trésor quand elle passa devant lui, munie d'une bûche pour la cuisine. Une fois dans son dos, elle lui en assena sur le crâne un coup dans lequel elle mit tout son amour.

La séance de torture légale entre les mains de Ma Jong, si novice l'adjoint soit-il, n'avait pas laissé le prisonnier en excellente forme. Elle l'aida à enfiler le couvre-chef et le manteau de pluie en paille tressée du garde et le soutint pour marcher. Ceux qui levèrent le nez de leur bol de soupe crurent qu'un de leurs camarades, pris de boisson, s'éloignait avec une prostituée.

Tandis qu'ils se dirigeaient tant bien que mal vers l'endroit où elle avait laissé Maman Ping, Petit Trésor se dit qu'il importait de brusquer les événements afin de placer son père devant le fait accompli. Sans doute le juge Ti hésiterait-il à continuer d'ennuyer son gendre avec des allégations nées de la méchanceté, de la jalousie et de la folie ambiante. Elle avisa sur un étal une louche de mariage qu'elle acquit pour quelques pièces. Elle la compléta, un peu plus loin, par un bol à accouchement et par une boîte à ouvrage, deux objets rituels des cérémonies nuptiales.

Maman Ping, qui se reposait, s'alarma de l'état dans lequel le danseur lui revenait. Depuis la rumeur de l'assassinat en plein marché, elle avait craint le pire et aurait volé à son secours si elle n'avait été si faible.

– Vous êtes trop bonne, s'attendrit Petit Trésor. Le Ciel n'a pas voulu qu'un mandarin obtus entrave les desseins qu'il a conçus pour nous. Il m'a donné la force de renverser tous les obstacles.

Outre la louche, le bol et la boîte, elle avait dégoté en chemin une coiffeuse professionnelle qui arrangca ses cheveux et ceux de sa protectrice en vue de l'événement. Quand ce fut fait, elle laissa les blessés se reposer et s'en fut chercher des bougies de fête, des friandises et du vin qui feraient du rite un moment magique en dépit des tristes conditions.

À force de sillonner le camp, elle réussit à acheter des fruits confits au miel et dépensa ses dernières sapèques en coupes à thé. Ce petit banquet remettrait du baume au cœur des mariés.

Quand elle revint avec ses provisions, Maman Ping était méconnaissable. Coiffée, maquillée, vêtue d'une robe rouge doublée de soie sauvage qui rehaussait sa poitrine, elle irradiait de grâce malgré ses traits tirés. Nul n'aurait reconnu la marchande de nouilles à la robe graisseuse ou la masseuse aux arrangements vulgaires. Tigre Volant, quant à lui, affichait une joie que la jeune femme ne lui avait jamais vue. Un sourire béat étirait ses lèvres finement dessinées.

Elle avait ignoré jusque-là qu'il pouvait paraître aussi charmant. Ce fut la présence de la louche de mariage à moitié pleine dans les mains de Maman Ping qui gâta ce merveilleux tableau.

Petit Trésor comprit avec horreur que sa protectrice venait de boire avec Tigre Volant. Cela signifiait qu'ils avaient échangé leurs vœux conjugaux. Elle n'arrivait pas à croire à ses propres conclusions. Seule l'expression gênée qui se peignit sur les traits de ses amis lui fit admettre l'épouvantable vérité.

– Tu es amoureux d'une... d'une... d'une cuisinière ambulante ? dit-elle à son fiancé. Quand tu pouvais m'avoir, moi ?

C'était de toute évidence une mauvaise saison pour les petites princesses.

– Si je devais épouser toutes mes admiratrices, répondit le danseur, il me faudrait un pavillon rouge de même taille que le gynécée impérial.

Le monde s'effondrait brutalement, Petit Trésor fut incapable de réagir. Maman Ping paraissait contrariée.

– Crois-moi, ma petite, je t'ai épargné bien des déceptions. C'est mieux comme ça.

Petit Trésor n'était pas de cet avis. Quand elle reprit l'usage de ses mains, ce fut pour gifler Maman Ping à la volée, ce qui fit tomber les beaux ornements de perles plantés dans son chignon. Elle déclara qu'elle allait de ce pas les dénoncer à la justice et s'enfuit avec la mort aux trousses.

Petit Trésor entendit dans son dos des pas et des appels. Elle eut la certitude que la traîtresse qui avait piétiné sa vie la poursuivait pour achever son œuvre avec l'un de ses couteaux à découper les pâtes. Elle se glissa entre deux chariots et s'accroupit. Elle vit en effet passer la mariée, dans sa robe de soie rouge, la coiffure de travers, qui la cherchait des yeux, la main posée sur le côté du buste où était sa blessure. La perfide s'arrêta à sa hauteur, reprit son chemin et s'éloigna.

La demoiselle des Ti s'apprêtait à quitter sa cachette quand ses cheveux furent violemment tirés en arrière, ce qui la fit tomber sur le sol crasseux. Elle parvint à tourner la tête et découvrit son cher fiancé qui levait le poing. Ses doigts tenaient l'un de ces fameux couteaux de cuisine, celui dont Maman Ping se servait pour éviscérer les canards. Son beau visage n'avait plus rien de la douceur avec laquelle l'amoureux contemplait son épouse quelques instants plus tôt. L'explication avec une foule en furie, puis l'entretien avec le lieutenant de son père, l'avaient trop abîmé pour qu'il ait pu la rattraper à la course. Il avait en revanche de la force dans les bras. Petit Trésor entrevit soudain à quel péril on s'exposait par des mouvements d'humeur inconsidérés.

– Je suis désolé, dit-il avant de frapper, je ne peux pas te laisser mettre Lotus Rose en danger.

La dernière pensée de Petit Trésor fut que Maman Ping avait un prénom de courtisane pour maison de thé de seconde zone. Du moins cela aurait-il été sa dernière pensée si une main aux ongles peints ne s'était refermée sur le bras de son agresseur.

– Lâche ma fille ! ordonna dame Lin, qui lâcha quant à elle le panier de précieux poireaux qu'elle venait d'acquérir à prix d'or.

– Lâchez la fille de ma patronne ! renchérit l'intendante, qui se jeta à plat ventre pour enlacer les genoux du bandit à la manière d'une pince à briser les noix.

La brute, dont dame Lin eut le temps de voir qu'elle avait un joli minois pour un assassin armé d'un couteau de cuisine, se débarrassa sans trop de difficulté de ses deux crampons en jouant des coudes et du talon. Ces dames auraient bien eu besoin de Ma Jong si ce dernier n'avait eu la fâcheuse idée de reprendre son service auprès du juge Ti, à présent que la gamine était retrouvée. Le monstre au beau visage reporta son attention sur sa victime, pelotonnée sur le sol, étourdie par la peur et par la consternation. Quand il leva de nouveau son arme, un éclair métallique traversa l'air jusqu'à son biceps, ce qui lui arracha un feulement pareil à celui de son animal fétiche. Une sorte d'aiguille à chignon en argent lui avait transpercé le bras. Maman Ping se tenait si loin d'eux qu'on avait du mal à croire qu'elle était l'auteur du lancer. Aucune des trois femmes assises dans la boue ne broncha tandis qu'elle rejoignait le blessé qui gémissait en serrant contre lui son membre meurtri.

– Jamais un homme ne s'en prendra à une femme sous mes yeux, dit-elle en ôtant son arme de la plaie sanguinolente. J'ai trop souhaité qu'on agisse de même pour moi.

Petit Trésor contempla avec ébahissement celle qui venait de lui sauver la vie après avoir détruit son bonheur. Dame Lin sortit la première de sa stupeur. Elle se remit sur ses pieds, s'inclina poliment et congratula cette inconnue restée si élégante malgré le voyage.

– Vous avez sauvé la fille cadette du seigneur Ti Jen-tsié, puissant mandarin de Chang-an. Sachez que notre reconnaissance vous est acquise pour l'éternité.

Un homme qui menait un cheval par la bride s'approcha du petit groupe.

– C'est la meurtrière connue sous le nom de Scorpion ! s'écria Ma Jong, qui arrivait après la chute des poires. Votre époux la recherche pour une série d'assassinats sordides !

– Coupez-lui la tête, dit dame Lin sans changer de ton.

– Pitié pour elle ! implora Petit Trésor. Et aussi pour, lui ! ajouta-t-elle en désignant le beau gibier de bourreau. C'est mon fiancé !

Dame Lin regarda alternativement sa fille folle, la lanceuse d'épingles et l'assassin au couteau de cuisine.

– Prévoyez une hache bien affûtée, recommanda-t-elle à Ma Jong.

Si Petit Trésor nageait comme une marmite en bronze, elle montait fort bien à cheval. Les demoiselles de la noblesse métropolitaine disputaient de temps à autres des compétitions de polo très prisées de la bonne société. Elle saisit les rênes, sauta en selle et frappa du talon les flancs de l'animal, qui s'élança à travers le bivouac, au risque de piétiner les campeurs.

Ce fut au tour de dame Lin d'être déconcertée. Elle ne pouvait à la fois garder l'œil sur ses prisonniers et rattraper une fuyarde qu'elle avait eu tant de mal à récupérer. L'idée de devoir recommencer précipita son choix.

– Tous avec moi ! clama-t-elle en courant après sa cadette.

L'intendante et Ma Jong lui emboîtèrent le pas, soulagés d'échapper à une nouvelle rixe avec le Scorpion aux aiguilles et le Tigre au couteau, si mal en point que soit ce dernier. Ils venaient de disparaître au détour d'une tente quand Petit Trésor revint par le côté opposé. Elle mit pied à terre et tendit les rênes à Maman Ping.

Le regard qu'échangèrent les deux femmes suffit. La mariée se hissa sur la selle, puis elle tira à elle le blessé au bras en écharpe, et les deux êtres que Petit Trésor avait le plus aimés et le plus craints, aussi loin qu'elle puisse se souvenir, ne furent bientôt qu'un point parmi d'autres dans ce paysage de réfugiés, d'exilés et d'âmes perdues.

XXIV

Le juge Ti justifie des choix difficiles ; menacé par une foule en furie, il remet son sort entre les mains du Bouddha.

Enfin réunie, la petite famille put affronter la dernière partie du terrible voyage. Le Scorpion enfui et le chef des saboteurs noyé, l'étape fut presque paisible. Le moral des perdants à la grande loterie de Chang-an s'améliora d'heure en heure à l'approche de Luoyang. Là-bas les attendaient les logements neufs construits avec célérité par le gouvernement sur l'ordre de la Sainte Mère impératrice.

Ti, qui cheminait en tête, rencontra un petit comité d'accueil préparé par l'administration. Il eut la joie d'y trouver Ding Hua, son futur parent, tout vêtu d'écarlate. Venu spécialement de la capitale, le vice-ministre des Travaux publics était assis sous un dais, environné de piles de couvertures que l'on distribuerait aux survivants en cadeau de bienvenue et qu'il aurait mieux valu leur offrir au départ comme cadeau de bonne route.

— Mais combien êtes-vous ? dit-il à la vue du flot humain qui s'apprêtait à déferler sur cette belle ville de résidences huppées, d'avenues triomphales et de jardins célèbres pour l'infinie variété de leurs pivoines.

– Envıron quatre cent mille, je crois, répondit Ti. Nous en avons perdu un peu, mais j'ai réussi à limiter les dégâts.

– Limiter les dégâts ? répéta Ding Hua, qui n'en croyait pas ses oreilles. Savez-vous quels ravages votre incurie va causer à notre capitale de l'Est ? Comment sa population pourrait-elle doubler d'un coup ?

Ti feignit l'étonnement. Il avait cru comprendre qu'on avait ordonné la construction de logements destinés à accueillir ses quatre cent mille protégés.

– Comment pouvez-vous imaginer qu'on en bâtisse autant en si peu de temps ? s'exclama son interlocuteur. Nous avons construit pour cent mille personnes, plus ou moins, à condition qu'elles se serrent un peu.

Ti saisit mieux cette obstination à faire périr ses administrés. Réduire le nombre des exilés aurait permis de dissimuler l'échec des constructeurs. L'impératrice ne montrait aucune mansuétude pour ceux qui la décevaient, quelle que soit leur place dans la hiérarchie, et sa colère était à la dimension de sa bienveillance envers le peuple.

Le vice-ministre Ding prit la peine d'expliquer au juge Ti pourquoi il était impossible de caser tant de monde à Luoyang. C'était une ville d'eaux, l'irrigation favorisait l'implantation des parcs. Contrairement aux autres cités chinoises, elle était traversée par une rivière, la Luo, parcourue par divers affluents et même percée de canaux. La plupart des terrains laissés libres par les jardins étaient inondables. Quand bien même on aurait eu la place de faire surgir du néant un faubourg d'une telle dimension, on ne disposait pas des matériaux nécessaires. La situation s'était tout de suite révélée inextricable.

Ti comprit que les membres des Travaux publics avaient été pris en tenaille entre la volonté impériale et la réalité, une position très malsaine. Il était inévitable que quelqu'un paye de sa vie ce hiatus. Le peuple, de toute façon, était condamné. Les fonctionnaires avaient donc choisi de le faire périr en route plutôt que de le laisser mourir de faim et de froid, à l'arrivée, ou à la pointe du sabre s'il lui prenait la fantaisie de se révolter.

— Notre plan préservait cette magnifique cité, conclut Ding. C'était la solution la plus économe, la plus logique, la plus douce ! Comment avez-vous osé la remettre en question ?

— C'était la solution la plus économe de vos propres vies, rectifia Ti.

Quatre cent mille quidams ne valaient pas de risquer l'existence, le prestige et la carrière de quarante mandarins.

— Votre choix heurtait mon sens éthique, ajouta-t-il.

— Votre sens éthique ! clama Ding, les bras au ciel. Vous devriez plutôt me remercier ! Sans les liens du mariage qui devait unir nos deux familles, votre nom aurait figuré sur la liste des partants tirés au sort ! Vous avez agi contre vos privilèges, Ti ! Ce n'est pas de l'éthique, c'est de l'aveuglement !

Ti Jen-tsié répondit qu'il estimait avoir fait son devoir en assurant la protection des déportés. Ding avait un autre point de vue.

— En préservant les membres du convoi, vous avez sacrifié les habitants qui vivaient sur le parcours. Eux n'avaient été condamnés à rien ! La vérité est que vous avez fait passer votre prétendue morale avant l'intérêt de votre pays, avant les décisions de vos supérieurs éclairés !

– Quand on est face à plusieurs maux, dit Ti, il ne reste qu'à écouter la voix de sa conscience.

– À écouter la voix de sa hiérarchie, Ti ! Quel orgueil que le vôtre ! En refusant de laisser mourir ces gens, vous avez jeté les bases d'une catastrophe bien pire, que vous ne soupçonnez même pas !

Son Excellence Ding Hua tourna les talons, monta à cheval, imité par ses subordonnés, et partit s'enfermer en toute hâte dans Luoyang pour ne pas affronter le dépit des voyageurs.

Au fur et à mesure qu'elle dépassait la dernière colline, la vague humaine découvrait avec désarroi le village préparé pour elle sous les remparts de Luoyang. Nul besoin d'être cartographe pour comprendre qu'il s'étendait sur une surface moindre que celle couverte par la masse en mouvement.

Non seulement le comité d'accueil s'était décommandé, mais on n'avait pas prévu de soldatesque pour contenir la rage des exilés. Les premiers arrivés s'arrogèrent les maisons dans un désordre que Ti se garda bien de contredire – il n'était pas un géant du temple de Taishan capable d'empêcher la montagne de crouler. La surprise se mua en désillusion, la désillusion en amertume et celle-ci en fureur. Il ne faudrait pas longtemps pour que les clans arrivés en seconds tournent leur récrimination vers la cité aux pivoines. Ils la prendraient d'assaut. Les autorités locales devaient être en train d'alerter les contingents les plus proches. L'incompréhension et la tromperie allaient tourner au massacre.

Les princes se regroupèrent autour de Ti comme des poussins entre les pattes d'une oie. Ils avaient échappé au Scorpion, mais s'attendaient à être mis en charpie par la foule. Leurs efforts pour résister à la volonté de la souveraine leur semblaient vains, désormais. Ils se persuadaient que leur destin était bien de périr sur la route de Luoyang. Même le général Pei, depuis son lit, avait senti que la situation était désespérée. Il quitta son chariot, vêtu de son armure, décidé à mourir les armes à la main, et se rangea au côté du mandarin.

Entourée de ses gens, dame Lin était prête à partager le sort de son mari.

– Tu vois où ta folie nous a conduites, dit-elle à Petit Trésor.

La jeune femme lui demanda pardon. L'amour l'avait conduite à éprouver en quelques jours les émotions d'une vie entière, la passion exaltée, l'amitié fidèle, la douleur de la trahison, la terreur, et même la mort.

Ti assista au naufrage de sa mission. Les clans se disputaient les quelques toits, les quelques terres au sec. Quand ils auraient compris qu'il ne servait à rien de s'affronter les uns les autres, ils s'en prendraient aux gardes, à lui-même, aux princes, avant de déferler sur Luoyang, où l'armée viendrait rétablir l'ordre par la tuerie.

Un roulement de tambour figea tout le monde. Les portes de la ville s'étaient ouvertes sans qu'on y prenne garde. Une troupe de cavaliers aux couvre-chefs empanachés en sortit pour prendre position sous la muraille.

– L'armée ! Déjà ! dit le secrétaire Jiang.

– Je doute qu'on envoie un régiment d'élite en grand uniforme mater une rébellion, dit Ti.

Les musiciens s'étaient postés sur le large chemin de ronde. Des trompes saluèrent l'arrivée d'un vaste aréopage d'eunuques qui brandissaient les oriflammes, emblèmes, bannières de l'impératrice. Un énorme palanquin de brocart d'or, porté par une trentaine d'hommes, était entouré d'une cinquantaine de femmes en costume de cour.

Une fois la première surprise dissipée, ceux qui étaient le plus près se prosternèrent, les genoux au sol, le front et les mains à plat contre la terre. Ceux qui étaient derrière les imitèrent, si bien que la plaine devint un océan de dos. Le son des instruments donnait à la scène quelque chose de divin, de magique. Pour la première fois, le Bouddha vivant descendait parmi les mortels, c'était l'événement de toute leur vie, il supplantait tout autre, le jour de leur mariage, la naissance de leur premier fils, les calamités du voyage et même l'épouvantable tirage au sort sur l'esplanade de l'Oiseau-Pourpre. Le peuple avait face à lui le Fils du Ciel, la Sainte Mère, la réponse à toutes ses interrogations, le remède à tous ses maux, l'horizon de toute pensée. Devant quatre cent mille personnes, l'intensité du soleil rencontrait la force de l'océan.

Des hérauts se postèrent tous les cent pas pour permettre à l'ensemble des voyageurs d'entendre la proclamation.

« La Sainte Mère, Empereur illustre auguste du Pays sous le ciel, vient s'établir à Luoyang, capitale de l'Est, afin de veiller sur vous et de partager vos épreuves. Elle n'aura de cesse que le plus humble de ses sujets n'ait obtenu le toit qui lui est dû, elle ne ménagera aucune peine dans ce but. Le peuple est autorisé à contempler la splendeur du mandat céleste. »

On était autorisé à regarder. Une clameur enthousiaste s'éleva de toute la plaine.

Des esprits chagrins auraient pu se dire que dame Wu allait partager leurs souffrances depuis sa résidence d'été aux cent cinquante pavillons disposés dans un parc paysager où les biches paissaient en liberté parmi les paons. Mais cela n'importait pas. Elle était venue. Elle était là. Elle s'était montrée autant qu'il était possible. Ti se dit qu'il avait bien fait de lui adresser son rapport sans attendre la conclusion du voyage.

– C'est un miracle, dit l'intendante. Voilà qui fait mentir le proverbe « le ciel est trop haut pour entendre les plaintes des mortels ».

– Le ciel entend mieux quand on prend un porte-voix, dit dame Lin. Les miracles de ce genre se produisent parfois dans la carrière de mon mari.

Le secrétaire Jiang se pencha vers son supérieur.

– Croyez-vous qu'elle soit réellement à l'intérieur de ce palanquin ? Il suffisait qu'elle envoie son équipage sans même se déplacer.

– Oh, croyez-moi, elle est bien là, affirma Ti. Ne le sentez-vous pas ? Croyez-vous que cette aura soit celle d'un fruit sans noyau ?

Dame Wu n'était pas femme à laisser le hasard gouverner à sa place, elle pratiquait la transgression avec virtuosité. La mauvaise application de ses ordres avait failli conduire à une catastrophe, Ti ne doutait pas qu'elle ait voulu y remédier elle-même.

Les exilés de Chang-an eurent honte de leur attitude égoïste et irréfléchie. Si l'impératrice avait pris fait et cause pour eux, comment pouvaient-ils croire leur situation désespérée ? Si elle partageait leurs douleurs, comment pouvaient-ils se plaindre ? Si elle croyait en eux, comment leur sort pourrait-il ne pas s'améliorer ?

Le visage d'une des dames qui entouraient le palanquin d'or n'était pas inconnu du juge Ti. Sa masseuse aux épingles se tenait parmi les suivantes de la Sainte Mère à l'expression impénétrable, des personnes à qui il valait mieux ne pas se frotter.

Restait à savoir comment, avec la meilleure volonté du monde, l'impératrice allait leur procurer le bois nécessaire à la construction des maisons, et où elle trouverait les terrains pour les y bâtir.

Un roulement de tambours fit taire les vivats. Les hérauts annoncèrent que la noblesse de Luoyang offrirait ses arbres et une partie de ses jardins pour la survie des nouveaux venus.

Le peuple entreprit aussitôt l'abattage des arbres splendides et la transformation des parcs privés en quartiers d'habitation. Tout cela se fit dans l'ordre, l'enthousiasme et la ferveur. Dame Wu démontrait une fois encore qu'elle n'avait pas accédé au trône par hasard. Elle savait entraîner les hommes, qu'ils soient cent ou quatre cent mille. Même cette foule ne pouvait lui résister. Elle était bien la détentrice du mandat céleste, l'empereur souhaité par les dieux pour gouverner le monde.

Il était temps pour les princes de gagner leurs rési-dences, ou ce que la Sainte Mère leur en laisserait après le partage avec les déplacés. Ils remirent au magistrat quelques rouleaux de soie en témoignage de leur gratitude pour avoir différé le moment de leur fin. Ces prochains mois, les travaux allaient accaparer l'attention de l'impératrice, il leur revenait d'en profiter pour se faire oublier. À présent qu'elle était maîtresse de l'empire, elle désirait la paix civile, c'était leur principal atout. Cependant, nul prêtre ne se serait risqué à prédire leur avenir.

L'un des Li sollicita une faveur : il désirait prendre réfractaire Du à son service. Dans leur famille, on savait apprécier un homme qui avait osé dire non à l'usurpatrice. Cet arrangement enchantait Du. Les occasions de s'enrichir ne manqueraient sûrement pas dans la proximité d'un prince, même déchu, même en l'absence de concombres.

On apportait déjà les premiers troncs. Ti et les siens s'en furent visiter l'un des domaines où les bûcherons s'étaient mis à l'œuvre. On coupait les saules d'un bel étang traversé par un pont peint en rouge. La configuration des lieux était vaguement familière à madame Première.

– Où sommes-nous ? demanda-t-elle.

C'était la propriété du vice-ministre Ding Hua. Dame Lin contempla le parc dévasté, ce magnifique endroit où elle avait pensé prendre un repos bien mérité. Il n'en resterait bientôt plus rien, un fau-bourg habité par la plèbe allait prendre sa place.

– Le mariage Ding est annulé, déclara-t-elle.

Petit Trésor respira.

Dame Lin était d'avis d'aller prospecter un fiancé plus loin, là où ce convoi de malheur n'avait pas encore semé la désolation sur les pelouses. Le juge Ti vola au secours de sa cadette.

– Ma chère enfant, je t'ai trouvé un bon mari.

Il avait décidé de la donner au secrétaire Jiang, qu'il comptait recommander pour une carrière de juge dans les sous-préfectures.

– Vous verrez, dit-il à Jiang, c'est un bon départ. Après avoir passé quinze ans ici et là, vous pourrez postuler pour une place à la capitale. Je connais des gens très bien qui n'ont eu qu'à s'en féliciter.

Le jeune homme protesta qu'il ne connaissait rien au code pénal.

– Vous apprendrez vite. En attendant, vous vous appuierez sur les scribes locaux, ils ont l'habitude.

On ne sut s'il voulait dire que les scribes avaient l'habitude du code des Tang ou s'ils étaient habitués à avoir pour supérieurs des magistrats ignorants. Il avait par ailleurs quelques bons conseils à lui prodiguer pour bien gérer son tribunal. En premier lieu, Jiang devrait se faire couper un bel habit de soie verte.

– Nous sommes en Chine. Si l'on respecte les apparences, la moitié du travail est accomplie.

Jiang possédait déjà un diplôme du deuxième échelon[1], l'autre moitié du travail était donc en bonne voie. Pour ce qui était de la soie verte, on l'inclurait dans les cadeaux de noces. Ils avaient le bonheur de vivre dans un pays où un jeune homme intelligent, pourvu d'un diplôme, ne restait pas longtemps sans emploi.

– Dites-moi, dit tout bas madame Première, n'est-ce pas ce Jiang qui a tenté de vous soustraire des pièces à conviction, au début de votre enquête ? Je crains qu'il n'ait pas une très bonne moralité.

– Oui, oui, dit Ti, il sera parfait pour le métier de magistrat !

Un mariage arrangé, sans passion excessive, c'était la promesse d'une union durable, sereine et équili-

---

1. Les examens mandarinaux comportaient trois échelons.

brée, Ti le savait d'expérience. Il se tourna vers son secrétaire.

– Dites un mot à votre épouse, mon gendre.

Jiang leva les yeux sur la fille de son patron. Elle était très jolie, quoiqu'un peu brunie par le soleil. Quand elle aurait retrouvé un teint de lait à l'ombre du gynécée, elle serait parfaite.

– La demoiselle des Ti accepterait-elle que je lui offre un petit ruban rouge[1] ?

Dame Lin, quant à elle, aurait préféré un grand cyprès vert chez les Ding. Les beaux arbres abattus défilaient devant eux comme des catafalques de funérailles. Décidément, le mariage était une source de désillusion, et pas seulement pour les jeunes mariés.

Petit Trésor contempla son nouveau fiancé. Bien sûr, il n'avait pas la prestance d'un danseur de sabre, mais il n'était pas vilain, ni sot, ni inculte, on pouvait supposer qu'il aurait du respect pour une compagne née dans un clan supérieur au sien, et sa crainte envers le juge Ti l'engagerait à réfléchir avant de la maltraiter. Elle acquiesça du menton avec toute la timidité et toute l'obéissance que l'on attendait d'une jeune personne élevée dans les meilleurs principes.

Ti s'assura que sa Première n'avait pas d'objection non plus.

– Êtes-vous contente, mon cœur ? demanda-t-il.

Dame Lin avait l'esprit occupé par autre chose.

– Oui, oui, comme vous voudrez. Ce que vous ferez sera bien fait.

---

1. Il était d'usage pour les jeunes mariés de nouer un ruban rouge à leur poignet comme porte-bonheur.

Il devina qu'elle pleurait la perte du beau domaine. Le moment était venu de lui annoncer son intention d'acquérir une résidence de campagne. On la choisirait au nord, au sud ou à l'ouest de Chang-an, mais non à l'est : il n'y avait plus un lopin de terre intact, de ce côté-là.

L'exil à Luoyang

La déportation vers Luoyang est un fait historique sur lequel on sait peu de choses, si ce n'est qu'elle eut lieu en l'an 691, comme le signalent les archives des Tang. L'impératrice Wu, qui venait de se faire couronner empereur de Chine, décréta le déplacement de cent mille foyers, soit environ un demi-million de personnes. La prospérité procurée par la paix intérieure et par la route de la Soie avait attiré dans la capitale une population nombreuse, dont dix pour cent d'étrangers, aussi le mauvais acheminement des denrées comestibles venues des plaines centrales et du Sud créait-il des disettes. Par ailleurs, l'impératrice souhaitait développer Luoyang, qu'elle préférait à Chang-an et dont elle fit sa résidence principale.

Plus difficile à défendre en temps de guerre, Luoyang avait beaucoup pâti des troubles du siècle précédent. Elle se situait, comme aujourd'hui, sur la rivière Luo, près de l'entrée du Grand Canal impérial, à portée des arrivées de blé et de riz venus du Sud fertile. Depuis une trentaine d'années, la cour avait l'habitude d'y séjourner une partie de l'année. La ville resta néanmoins sous-peuplée jusqu'au décret de l'an 691, qui fit d'elle la deuxième cité de Chine avec une population d'un million d'habitants. La cour la déserta au siècle suivant, à partir de l'année 743, lorsque le problème de l'approvisionnement de Chang-an fut enfin résolu.

La plupart des bourgs importants s'élevaient sur des terrains plats où des cours d'eau permettaient un transport commode et bon marché. Souvent, au printemps, lorsque fondaient les neiges des montagnes, ces rivières grossissaient, débordaient et emportaient les constructions bâties depuis la dernière crue. La terre séchée qui constituait le matériau de base ne résistait pas aux inondations. À Luoyang, ville particulièrement exposée à ces désastres, la crue de la Luo pouvait raser jusqu'à dix-huit pour cent des habitations.

La distance de Chang-an à Luoyang est de trois cent quatre-vingts kilomètres. Un train express relie aujourd'hui ces deux villes en une heure et demie.

On notera par ailleurs la très grande permanence des mentalités chinoises : au début des années 2000, l'État n'a pas hésité à décréter le déplacement de deux millions de personnes pour permettre la construction du barrage des Trois-Gorges sur le Yangtsé.

Il y avait déjà une vingtaine d'années que dame Wu exerçait la réalité du pouvoir lorsque mourut son mari, l'empereur Gaozong des Tang. Elle continua à gouverner le pays en tant qu'impératrice douairière pendant sept années, au cours desquelles elle réprima les rébellions fomentées par sa belle-famille et par les nobles. Parvenue à l'âge de soixante-cinq ans, une fois ses ennemis politiques écartés et sa propre famille, les Wu, installée aux postes-clés, elle prit le nom de Zetian, « Conforme au Ciel », et fonda sa propre dynastie, qu'elle intitula « Tchou ». Jamais aucune Chinoise n'avait osé franchir ce pas. Si nombre d'entre elles jouèrent un rôle important au fil de l'histoire, elles se contentèrent de le faire en tant que mère d'un prince héritier ou d'un monarque. Wu Zetian parvint à régner en son propre nom pendant les quinze dernières années de sa vie et resta la femme la plus illustre de la période Tang, voire de toute la très longue histoire de Chine.

La prise de pouvoir par l'impératrice Wu, simple dame du palais à qui sa subtile intelligence politique permit de

s'élever jusqu'à la dignité suprême, eut trois conséquences : l'avènement du clergé bouddhique chargé
d'expliquer au peuple que le nouveau Fils du Ciel n'était
pas vraiment une femme, mais plutôt une réincarnation
du Bouddha ; le massacre d'un grand nombre de mandarins confucéens, dont la misogynie s'accommodait mal de
cette prééminence féminine ; et l'extermination des
princes Tang, les Li, susceptibles de fomenter des com-
plots pour la restauration de leur dynastie déchue.

Afin d'asseoir son influence, Wu Zetian ne cessa de
brimer les grands dignitaires et d'attaquer le système de
privilèges qui réservait le pouvoir aux familles nobles.
Elle nomma des roturiers compétents aux plus hautes
instances de l'État, prit diverses mesures pour alléger la
charge fiscale et pour encourager l'agriculture, ce qui
accrut les ressources du pays et améliora les conditions
de vie du petit peuple. Elle acquit la réputation d'être
une souveraine diligente, perspicace et bienveillante
envers ceux qui ne risquaient pas de lui faire de l'ombre.
Les réalisations de ses prédécesseurs furent développées,
si bien que, sur les cent années que dura la prospérité
des Tang, une cinquantaine peuvent lui être attribuées.

Le transfert à Luoyang permit à l'impératrice d'échapper aux groupes de pression qui noyautaient Chang-an,
et aussi de développer son engagement en faveur du
bouddhisme, dont le clergé soutenait ses ambitions. Afin
de matérialiser son pouvoir dans sa nouvelle capitale, elle
fit couler neuf énormes tripodes en bronze similaires à
ceux qui, selon la tradition, avaient été détruits par les
dieux sous le règne du premier empereur. Ces objets
incarnaient le mandat accordé par le Ciel à une dynastie.
Aucun dommage céleste n'étant venu détruire les chau-
drons de l'impératrice, on considéra que les dieux acceptaient le règne d'une femme.

Dans un de ses accès de dévotion, elle fit sculpter dans
les grottes de Longmen, au sud de Luoyang, un célèbre

Bouddha rupestre, haut de dix-sept mètres, entouré de ses bodhisattvas, de moines et de rois-gardiens, que l'on peut encore admirer de nos jours. On suppose que les sculpteurs, soucieux de flatter la souveraine, donnèrent ses traits à cette statue qui reste dans le pays la plus fameuse représentation en pierre de l'Éveillé.

Phénomène difficile à comprendre en Europe, les Chinois avaient tendance à se regrouper en clans selon leur nom de famille. Les habitants d'un même hameau portaient souvent tous le même nom, ce qui est encore parfois le cas aujourd'hui dans les campagnes où les populations se sont peu déplacées. Ainsi le roman *Trois Sœurs*, de Bi Feiyu, dont l'action se situe à la fin des années 1970, se déroule-t-il dans le village des Wang, où les personnes d'un autre patronyme sont considérées comme étrangères. Le nom créait un lien entre ceux qui le portaient, même quand ils étaient issus de régions éloignées et n'avaient aucun lien de parenté. Il était considéré comme un signe de cousinage. Dans le système impérial en vigueur jusqu'en 1911, l'adoption n'était possible qu'entre gens du même nom. Il était impossible d'adopter hors de son clan. Un couple Tchang dépourvu de fils ne pouvait adopter qu'un garçon Tchang, que l'on présentait comme un neveu, même si cette filiation supposée ne reposait sur rien. Une fois adopté, le jeune Tchang était intégré à la généalogie familiale et entretenait le culte de ses nouveaux ancêtres afin de garantir à leurs mânes un heureux séjour dans l'au-delà. En principe, les personnes d'un même nom n'étaient pas autorisées à se marier, même si elles ne se connaissaient aucun parent commun. Aujourd'hui encore, quatre-vingt-cinq pour cent de la population Han majoritaire se partagent une centaine de noms.

Carrière de Ti Jen-tsié
dans *Les Nouvelles Enquêtes du juge Ti*

630   Ti Jen-tsié naît dans la capitale du Shanxi. Il y passe ses examens provinciaux. Ses parents le marient à Lin Erma. Il obtient son doctorat, devient secrétaire aux Archives impériales et se choisit une deuxième compagne. Une enquête inopinée le pousse vers une carrière judiciaire.

663   Ti devient sous-préfet de Peng-lai, ville côtière du Nord-Est, à l'embouchure du fleuve Jaune. Il prend une troisième épouse, fille d'un lettré ruiné. En pleine fête des Fantômes, les statuettes de divinités maléfiques sont retrouvées sur les lieux de divers meurtres (*Dix petits démons chinois*). Ti doit identifier l'assassin du magistrat de Pien-fou, agréable cité balnéaire briguée par tous ses collègues (*La Nuit des juges*).

664   Ti remonte le fleuve Jaune à la recherche d'un mystérieux témoin, alors que les cadavres pleuvent autour de lui (*Meurtres sur le fleuve Jaune*).

666   Ti est nommé à Han-yuan, pas très loin de la capitale. Immobilisé par une fracture de la jambe, il compte sur madame Première pour identifier une momie retrouvée dans la forêt (*Madame Ti mène l'enquête*). Il est confronté à

une mystérieuse épidémie qui sème la panique parmi ses administrés (*L'Art délicat du deuil*).

668   Une inondation force Ti à s'arrêter dans un luxueux domaine dont les habitants cachent un lourd secret (*Le Château du lac Tchou-an*). Devenu sous-préfet de Pou-yang, sur le Grand Canal impérial, dans l'est de la Chine, il doit élucider l'énigme d'un corps sans tête découvert dans une maison de passe (*Le Palais des courtisanes*). Il séjourne dans un monastère taoïste et envoie madame Première faire retraite dans un couvent de nonnes bouddhistes (*Petits meurtres entre moines*).

669   Devenu amnésique, Ti va se reposer avec sa famille dans un magnifique domaine isolé (*Le Mystère du jardin chinois*).

670   Ti est envoyé surveiller la récolte du thé destiné à l'empereur (*Thé vert et arsenic*).

671   Magistrat de Lan-fang, aux marges de l'empire, Ti supervise la restauration de la Grande Muraille quand les Turcs bleus envahissent la région (*Panique sur la Grande Muraille*).

676   Au cours d'une tournée de collecte fiscale dans son district de Pei-Tchéou, Ti séjourne dans une ville livrée à la passion du jeu (*Mort d'un maître de go*). À Pei-Tchéou, il cherche à retrouver un trésor de jade disparu (*Un Chinois ne ment jamais*).

677   Rappelé à la capitale, Ti se voit confier une enquête dont dépend la vie d'une centaine de cuisiniers de la Cité interdite (*Mort d'un cuisinier chinois*). Il est chargé de débusquer un assassin parmi les membres du Grand Service médical, organisme central de la médecine chi-

noise (*Médecine chinoise à l'usage des assassins*).
Devenu directeur de la police, il poursuit le criminel le plus recherché de l'empire (*Guide de survie d'un juge en Chine*).

678   Ti est chargé d'initier une délégation de Japonais à la culture chinoise (*Diplomatie en kimono*). Il doit élucider une série de meurtres de jeunes femmes (*Divorce à la chinoise*).

691   Ti assure la sécurité de quatre cent mille personnes exilées à Luoyang (*La Longue Marche du juge Ti*).

700   Après avoir été créé duc de Liang, il s'éteint à Chang-an dans sa soixante-dixième année.

Cet ouvrage a été imprimé par
CPI Firmin-Didot
à Mesnil-sur-l'Estrée
pour le compte des Éditions Fayard
en septembre 2012

Fayard s'engage pour
l'environnement en réduisant
l'empreinte carbone de ses livres.
Celle de cet exemplaire est de :
0,650 kg éq. CO$_2$

PAPIER À BASE DE
FIBRES CERTIFIÉES

Rendez-vous sur
www.fayard-durable.fr

Dépôt légal : octobre 2012
N° d'édition : 36-17-3519-0/01– N° d'impression : 113708
Imprimé en France

Photocomposition Nord Compo
Villeneuve-d'Ascq